感悟一生的故事

感恩 老师

曹金洪 编著

北方妇女儿童出版社
·长春·

图书在版编目（CIP）数据

感恩老师 / 曹金洪编著 . -- 长春：北方妇女儿童出版社, 2010.6（2024.3重印）

（感悟一生的故事）

ISBN 978-7-5385-4668-2

Ⅰ . ①感… Ⅱ . ①曹… Ⅲ . ①故事 – 作品集 – 世界 Ⅳ . ①I14

中国版本图书馆CIP数据核字(2010)第083495号

感恩老师

GANEN LAOSHI

出 版 人	师晓晖
策 划 人	陶　然
责任编辑	于　潇　刘聪聪
开　　本	710mm × 1000mm　1/16
印　　张	11.5
字　　数	200千字
版　　次	2010年6月第1版
印　　次	2024年3月第6次印刷
印　　刷	旭辉印务（天津）有限公司
出　　版	北方妇女儿童出版社
发　　行	北方妇女儿童出版社
地　　址	长春市福祉大路5788号
电　　话	总编办：0431-81629600

定　　价　49.80元

前言

是浮华的风带不走燥热的怅然，是盲动的雷也震不醒驿动的灵魂。这世间的一切，太多的幻想，太多的浮华，太多的……只有呼吸着的每一天，才感受到她的价值，她的真实。此刻，生命对于我们来说，只有一次，可以把握，可以珍惜。

于万千红尘中，我们不停地奔波着，劳碌着，快乐着，也痛苦着，其目的就是为着生活，为着活着的质量。是血浓于水的亲情带着我们赤裸裸地来到这个尘世，当我们响亮的第一次啼哭，带给父母这一辈子最动听的音乐的同时，我们便与亲情紧密相连，永不可分了。也许前行的路荆棘丛生，也许前行的路坑坑洼洼，也许前行的路一马平川，但我们只要带着亲人们真切的惦念，带着亲人们殷殷的祈盼，就不会迷失前进的方向，就不会沉沦于泥潭沼泽里而不能自拔。

历经人生沧桑时，或许有种失落感，或许感到形单影只，这时，总会有一种朋友，无须形影相随，无须感天动地，无须多言，便心灵交汇，又能获得心灵的慰藉；在饱受风霜时，总会有一种朋友，无须大肆渲染，无须礼尚往来，无须唯美的表达方式，就能深深地感受到一种力量与信心，就能驱动前行的脚步。朋友无须多而在于精，友情也不必锦上添花，而在于雪中送炭。

童话故事里，我们经常看到王子吻醒了沉睡的公主，或是公主吻到中了魔法的青蛙，便可以幸福地结合在一起，永不分开。在这世上，也许有一份真爱可以彼此刻骨铭心到地老天荒，也许有一种真情彼此生死相依到海枯石烂。而这份真情、这份真爱却因世事的沧桑而深入到人们的骨子里，成为人们心中永恒的痛。

爱，有时，真的就是一种感觉，一种魂牵梦萦的感觉；有时，真的就是一种意境，一种心手相携的意境；有时，又会是一种情怀，一种两情相悦的

1

情怀……

也许，真的如他人所说吧，亲情、友情、爱情，抑或其他值得珍惜的情谊，只是一种修为。所有的绝美，也许应该有一个绝美的演绎过程。我们所能做的，就只有把这种"永存"记录下来，让更多人从中获得感悟，获得启迪。

岁月如歌，有一些智慧启发我们的思想；有一些感悟陪伴我们的成长；有一些亲情温暖我们的心房；有一些哲理让我们终生受益；有一些经历让我们心怀感恩……还有一些故事更让我们信心百倍，前进不止。一个个经典的小故事，是灵魂的重铸，是生命的解构，是情感的宣泄，是生机的鸟瞰，是探索的畅想。

这套丛书经过精心筛选，分别从不同角度，用故事记录了人生历程中的绝美演绎。

本套丛书共20本，包括成长故事、励志故事、哲理故事、推理故事、感恩故事、心态故事、青春故事、智慧故事、人格故事、爱情故事、寓言故事、爱心故事、美德故事、真情故事、感恩老师、感悟友情、感悟母爱、感悟父爱、感悟生活、感悟生命，每册书选编了最有价值的文章。读之，如一缕春风，沁人心脾。这些可贵的精神食粮，或许能指引着我们感悟"真""善""美"的真正内涵，守住内心的一份恬静。

通过这套丛书，我们不求每个人都幸福，但求每个人都明白自己在生活。在明白生命的价值后，才能够在经历无数挫折后依然能坦然地生活！

目录
Contents

人生的偶然

课堂上的口哨 /安 勇 …………………………………… 2

老师的腰围 /魏振强 …………………………………… 4

老师的眼泪 /杨旭辉 …………………………………… 7

跳杆不断往上抬 /马付才 ……………………………… 9

因为你，我才在这里 /李荷卿 ………………………… 12

老师妈妈 /佚 名 ……………………………………… 15

老师为你撑起一片天空 /佚 名 ……………………… 17

奇迹是这样发生的 /林百春 …………………………… 18

人生的偶然 /雪小禅 …………………………………… 20

让自己看见生命中的蓝天 /佚 名 …………………… 22

不要忘记卑微 /曾庆宁 ………………………………… 24

有月亮的晚上 /王连明 ………………………………… 27

穿红裙子的语文老师 /佚 名 ………………………… 30

长大后我就成了你 /佚 名 …………………………… 32

举起生命的右手

冰淇淋的眼泪 /彭永强 ·····················36

一句话改变一生 /鲍勃·格林 ·····················38

麦琪和她的天才班 /琳达·凯夫林 ·····················40

严 师 /玛丽·富特蕾尔 ·····················42

第一位班主任 /禾 草 ·····················44

忘不了的鞠躬 /佚 名 ·····················46

举起生命的右手 /梁宇清 ·····················48

那次我"如芒在背" /肖亦翅 ·····················50

掌 声 /颜逸卿 ·····················52

永远的感激 /周仕兴 ·····················55

摘下我的翅膀，送给你飞翔

不该让孩子错过的 /张丽多 ·····················60

敬礼，老师 /董保纲 ·····················62

他，最后一个撤离 /佚 名 ·····················64

他，有一个孩子般的笑容 /佚 名 ·····················66

老师，您还好吗 /佚 名 ·····················68

救出了学生，却永远失去女儿 /佚 名 ·····················70

摘下我的翅膀，送给你飞翔 /佚 名 ·····················73

谢谢老师 /苏叔阳 ·····················75

四十五个信封 /关成彦 ·····················77

恩师的瘸腿 /刘 卫 ·····················80

最好的老师 /胡海棠 ·····················82

老钱的灯 /孔庆东 ·····················85

我的老师

我的老师 /冰 心 ·············· 88

永远的那一课 /佚 名 ·············· 91

举手的尊严 /佚 名 ·············· 93

青春槐花 /佚 名 ·············· 96

跌进坑里，别急着向上看 /佚 名 ·············· 99

抢占一个好位置 /佚 名 ·············· 101

四颗糖的故事 /佚 名 ·············· 103

"偷"试题的老师 /佚 名 ·············· 105

人生的温度 /李雪峰 ·············· 108

池老师教我的两件事 /郝明义 ·············· 110

嵌在心灵的一课 /佚 名 ·············· 113

给美丽做道加法

温暖一生的棉鞋 /佚 名 ·············· 118

一份缺角的试卷 /佚 名 ·············· 121

周老师改别字 /佚 名 ·············· 123

给美丽做道加法 /佚 名 ·············· 126

星期一下午的素描 /佚 名 ·············· 128

有种水果叫香蕉 /杨国华 ·············· 132

第 21 页 /李家同 ·············· 135

在那颗星子下 /舒 婷 ·············· 139

老师的棉袄 /安 珍 ·············· 142

色青麦朵的思念

"高利贷" /佚 名 ······················· 146

色青麦朵的思念 /章戈·尼马 ······················· 149

我不想知道小偷是谁 /佚 名 ······················· 152

有温度的梦想 /马 德 ······················· 155

瓷 葫 芦 /王雪涛 ······················· 158

坐在最后一排 /乔 叶 ······················· 161

女教师的47个吻 /高 兴 ······················· 165

在心上的一声咳嗽 /佚 名 ······················· 168

地震中的吴老师 /佚 名 ······················· 171

人生的偶然

师者，所以传道授业解惑也。作为一名教师，更重要的是让学生明白人生的意义和态度。鼓励和信任学生，常常会成为学生的动力源泉。

课堂上的口哨

安 勇

　　老师的一条腿有毛病，走起路来一沉一浮的。为此同学们私下里都叫他"鱼漂"。有一天，老师在课堂上布置了一道分组讨论题，内容是："什么是勇敢？"大家发言都很积极，有人说勇敢就是视死如归；有人说勇敢就是见义勇为；还有人说勇敢就是知错能改……大家七嘴八舌，各抒己见。老师在教室里走来走去，不时听听同学们的发言。这时，教室里突然响起了一个极不协调的声音，声音虽然不大，却特别刺耳，毫无疑问，是有人胆大包天吹了一声口哨。

　　教室里突然之间一片沉寂。老师三步两步走到讲台上，阴沉着脸把教室里所有的人看了一遍。声色俱厉地问："刚才的口哨是谁吹的？"教室里无人应声。老师怒不可遏，提高了声音吼道："我再问一遍，口哨是谁吹的？"还是无人应声。老师用教鞭"啪啪"地抽打着讲台，喝令全体同学从座位上站起来，说："如果没人敢承认，你们就一直站下去。"

　　不一会儿，教室里传出几个女同学的哭声。有一个男生忍不住喊了一声："口哨是我吹的，和别人无关。"他的话音刚落，又有一个同学大声说："口哨是我吹的。"接着又有两个人说了同样的话。

老师看了同学们一眼，语气缓和了一些说："四个人都说吹了口哨，很显然是不可能的事，同学们都请坐，我给你们讲一个故事。十几年前，有一个刚从学校毕业的年轻老师，参加工作不久就被人强加了一个莫须有的罪名，他们日夜审问逼他承认。这个年轻人非常倔犟，始终咬定他没犯那样的错误。最后他的一条腿被打折了，落下了终生残疾。"同学们面面相觑，搞不清老师为什么要讲这么一件事。

老师平静地看了看同学们，接着说："你们说得没错，视死如归、勇于认错、见义勇为、泰山崩于前而面不改色，这些都是勇敢，但还有另一种勇敢，这就是拒绝。不是自己做的事情，不管压力多大都不承认，这同样是一种勇敢。我知道刚才你们都没吹口哨，你们谁都没有错，因为口哨是我吹的。"

下课时，同学们看着老师一沉一浮走出教室的背影，突然明白了，他就是当年那个被打断腿的年轻老师。

心灵 寄语

教育，重要的是教人对事物的态度。正如"勇敢"，它的含义是多重的。

老师的腰围

魏振强

在一所小学听一节数学课，内容是有关测量的。孩子们的桌子上摆放着长长短短的尺子。

老师是个女的，胖胖的，四十来岁。讲完厘米、分米和米的概念后，她让学生们测量桌子、铅笔、书本和手臂的长度。两分钟之后，班上像炸开了锅，一只只胳膊高举着，像一根根旗杆。被点名的同学报出答案后，都得到了表扬，张张小脸涨得红红的，嘴巴笑成了一朵朵花。那些没被点到名字的学生着急了，有的站起来，有的跳着脚，有的甚至爬到凳子上，高举着手："老师，快叫我快叫我。"看着孩子们抓耳挠腮的猴急样，我坐在一边忍不住想笑。我能理解孩子们的心情：谁不想在老师、同学面前表现一番呢？

桌子的长度报过了，铅笔的长度报过了，书本和手臂的长度也报过了，老师说，我们再找找别的东西测量一下。老师的话刚完，我旁边那个一直没得到机会的瘦男孩儿噌地站起来："老师，我想测测你的腰围。"

班上一下子安静了，同学们都转过头或侧过身看着这个瘦男孩儿，尔后又把目光对着老师。

老师低头看了一下自己的腰，然后静静地看着学生，笑，边笑边朝那个男孩儿说："好啊，你来量吧。"小男孩儿拿着尺子，飞快地跑到黑板前。他用手按住尺子的一端，让尺子在老师的肚皮上翻着跟头，可能是男孩儿的手拙，也可能是尺子太短了，跟头翻了好几趟，他才说出了一个答案："87厘米。"

"不错，他量得很认真，答案也比较接近。"老师的话显然激起了其他同学的表现欲，她不失时机地问了一句，"其他同学有没有更好的办法，测得更准确一些？"她话音刚落，一个胖乎乎的女孩儿站起来说："老师，我有，我用手。"

小女孩已开始往黑板前跑了。其他学生的目光都在追逐女孩儿的身影。老师问："你用手怎么量呢？"小女孩说："我一掌是11厘米，我看是几掌就知道了。"老师笑了。小女孩儿的手在老师的腰上爬，刚好爬了一圈之后，她就报出了答案：89厘米。笑容在老师的脸上绽放，班级的气氛更活跃了。"有没有更好的办法？"老师问。

教室里静悄悄的。孩子们或侧着头或趴在桌子上苦思冥想。片刻之后，前排的一个小孩儿站起来："老师，你把裤带解下来，我们一量就知道了。"

我没想到这个小小的孩子会想到这种聪明的办法。老师肯定也没想到，我看到她在大笑，真正地开怀大笑。笑声仿佛长着腿，在教室里飞舞。

老师一边笑一边真的解下了裤带。小同学显然已从老师的笑声里感受到了赞许，他握着尺子朝黑板前面走的时候，脸上的笑容仿佛要淌下来。小同学量出的是90厘米，这当然是最准确的一个答案。老实说，那位老师并不算漂亮，但这节课却是我听过的最漂亮的一节课。

心灵寄语

诲人不倦，老师用自己的言行向同学们证实事实。老师像蜡烛一样，虽然细弱，但也有一分热，一分光，燃烧了自己，照亮了别人。

老师的眼泪

杨旭辉

上高中的时候，我们班只是个普通班，比起学校里抽出的尖子生组成的六个实验班来说，考上大学的机会不多，因此除几个学习好的同学很努力外，我们大多数人都只是等着毕业混个文凭，然后找个工作。

班上的班主任兼英语老师是个刚从师范学院毕业的学生，他非常敬业，但是说归说，由于许多人抱着破罐子破摔的想法，我们的成绩仍然上不去，在全校各科考试中屡屡倒数。

直到高二的一次英语联考，张榜公布的我们班的成绩却破天荒地超过几个实验班的学生，这使我们接连兴奋了好几天。

发卷的时候到了，老师平静地把卷子发给我们。我们欣喜地看着自己几乎从没考过的高分，老师说："请同学们自己计算一下分数。"数着数着，我的分数竟比实际分数高出20分，同学们也纷纷喊了起来："老师怎么给我们多算了20分。"课堂上乱了起来。

老师把手摆了一下，班上静了下来。他沉重地说："是的，我给每位同学都多加了20分，这是我为自己的脸面也是为你们的脸面多加的20分。老师拼命地教

你们，就是希望你们为老师争口气，让老师不要在别的老师面前始终低着头，也希望你们不要在别的班的同学面前总是低着头。"

他接着说："我来自山村，我的父母都去世得早，上中学时我曾连红薯土豆都吃不起，大学放暑假，我每天到建筑工地拉砖，曾因饥饿而晕倒。但我就是凭着一股要强的精神上完师院，生活教会我在任何时候都不能服输。而你们只不过是在普通班就丧失了信心，我很替你们难过。"

这时候教室里安静极了，我和我的同学们都低下了头。老师继续说："我希望我的学生们也做要强的人，任何时候都不服输，现在还只是高二，离高考还有一年多的时间，努力还来得及，愿你们不靠老师弄虚作假就挣回足够的分数，让老师能把头抬起来，继续要强下去。"

"同学们，拜托了！"说完，老师低下头，竟给我们深深地鞠了一躬。当他抬起头的时候，我们看到他的眼睛流出了泪水。

"老师！"班里的女生们都哭了起来，男生们的眼里也含满了泪水。

那一节课，我们什么也没有学，但一年后的高考，我们以普通班的身份夺得了全校高考第一名。据校长讲，这是学校的历史上从未有过的。

那一刻，我们每一个学生都记住了老师的眼泪。

心灵寄语

给人信心和希望对于为人师者非常重要，因为那是黎明前的曙光，是走向成功的重要步伐。

跳杆不断往上抬

马付才

5岁那年，因为一场车祸，我的腿受了伤，走路一瘸一拐的。为了看起来和别人一样，我不得不把一只脚稍稍踮起来，使两条腿显得平衡些。

成了瘸子后，我那颗小小的心开始自卑。体育课我不再上了，而每一位体育老师，也从不要求我上体育课，就这样，渐渐地，不上体育课成了我独享的"特权"，直到我上初中。

上初中时，教我们体育课的是一位姓杨的老师。杨老师刚从体校毕业分配到我们学校，他给我们上第一节课时，我又习惯性地告诉他，我有病不能上体育课。他说："你怎么不能上体育课，我知道你腿不太好，但还不至于连体育课都不能上吧？"我固执地站着不动，杨老师看着我，口气缓和了一下，说："你和我们一起做做广播操总可以吧？"看着杨老师那征求的目光，我点头同意了。

杨老师领我们做了一套广播体操后，就在沙坑边指导同学们跳高。我站在旁边看同学们一个个从跳杆上跳过去，突然听到杨老师叫我的名字。他说："你，该你跳了。"我不相信地看着他，什么，让我也跳高，我一个瘸

子，能行吗？

杨老师以为我没听见，又大声叫我的名字。我气愤地说："不，我不行的，你明知道我是这个样子，为什么非要我这样做？"杨老师说："你看看这跳杆的高度，我知道你是能跳过去的，你为什么不跳呢？你的腿没有你想象的那么严重，你干吗一定要把自己当成一个残疾人、窝囊废，而不敢去面对这个跳杆呢？"

我突然像疯了一样向跳杆冲过去。对"残疾人"这个字眼，我是最敏感不过了，我一定要跳过那个跳杆。等跌落在沙坑之后我回头看，跳杆竟纹丝不动。我不相信我真的跳了过去。杨老师的声音又一次响起："再来一次。"起跑、冲刺、跳，我又轻松地跳过去了。他看都不看我一眼，再次说道："再跳一次。"第三次，我是含着泪水轻松地跳过了那个高度。

下课时间到了，杨老师一声解散后同学们都四散地跑开了。我眼中噙着愤怒的泪水，一瘸一拐地离开操场，在路上我的肩膀被人轻轻地拍了一下，回过头，是杨老师。他说："你知道吗，其实在你第二次第三次起跳的时候，我都暗暗地把跳杆往上抬升了，但是你仍然跳了过去。你的腿我早就观察过了，真的没那么严重，现在你正是长身体的时候，多锻炼锻炼对你那条腿是有好处的。你一直以为你不行，是因为在你的心中早已为自己设置了限制。记着，以后不管什么时候都不要给自己设限，而是要把跳杆不断往上抬。"

原来，我不但跳了过去，而且跳杆还在不断地往上升；原来，我也可以跳得很高呀！

我开始和同学们一起出早操，一起跑步，每次上体育课时，我都主动地把跳杆不断往上抬，一次次往上，一次次成功超越。初三的时候，我发现，我那条残疾的腿已经很有力了，而且，走路的时候，似乎也不那么瘸了。

现在，大学毕业的我早已走向了社会，每当我在事业上徘徊不前的时候，我常常想起当年杨老师对我说的那句话："不要为自己设限，要把跳杆不断往上抬。"

我知道，只有不自我设限的人生，才会不断地被突破。

老师对学生的良好的教育，一句话，一件事，会让学生铭记一生，受用一生。

因为你，我才在这里

李荷卿

　　斯旺小姐离开后，学校用了两个月时间才为那个班级找到了一位新的代课老师。贝蒂小姐在牧师的陪同下来到教室里，与那些貌似天使的学生们见了面。贝蒂小姐刚刚搬迁到这座城市，因此，她还没有听说过他们那专门撵走老师的恶习。看到她身上穿的那件粉红色的衣服，尺寸比她应该穿的要小一个号。还有她那一头乱糟糟、有些发白的金发，学生们立即感觉出她是一个容易欺骗的老师。于是，一场赌局很快就开始了。他们赌的是贝蒂小姐能在这里待多久。

　　贝蒂小姐首先做了自我介绍，声明她最近刚从南方搬到这儿来。当她在随身带来的那个大肩包里搜索着寻找什么东西的时候，房间里发出了嗤嗤的窃笑声。

　　"你们中间有谁出过这个州？"她用友好的腔调问道。几只手举了起来。"有谁到过500英里以外的地方？"窃笑声慢慢低了下来，一只手举了起来。"有谁出过国？"没有一只手举起来。沉默的少年们感到迷惑："这些与我们有什么相干呢？"

　　终于，贝蒂小姐在包里找到了她要找的东西。她那只瘦骨嶙峋的手从包里拉出一根长管子。打开来，原来是一幅世界地图。

　　"你那包里还有什么东西？午餐？"有人大声问道。贝蒂轻笑着回答："待会儿和你们一起吃饼干。"然后，她用留着长指甲的手指指着一块不规则的陆地。"我就是在这里出生的，"她用手指敲着地图说，"我在这里一直长到你们这么大。"每个人都伸长了脖子去看那是什么地方。"那是得克萨斯州吗？"坐在后面的一个学生问道。"没有那么近，这里是印度。"她的眼睛闪烁着喜悦的光芒。

　　"你怎么会在那里出生呢？"

　　贝蒂大声笑起来："我的父母在那里工作。我出生的时候我的母亲就在那儿。"

　　"真酷！"瑞克把身子仰靠在椅背上说。

　　贝蒂又把手伸进她的包里搜索起来。这一次，她拿出一些有些发皱的图片，还有一罐巧克力碎饼干。他们传看着那些图片。每个人都很好奇。他们一边吃着饼干，一边研究那些图片。然后神色茫然地从图片上抬起头来："在这个世界上，每个人都能帮助其他人。"

　　贝蒂小姐说她每星期天来给他们上课。她把她的课融入到他们的日常生活中去，告诉那些十几岁的青少年怎样才能使生活变得更有意义。一个星期又一个星期过去了。学生们越来越喜欢她。包括她那有些发白的金发以及她身上所有的东西。

　　贝蒂小姐在那所学校里执教了20年。虽然她一直没有结婚，也没有自己的孩子，但是由于她教了两代孩子，因此，小镇上的人们逐渐把她看成是所有孩子的代父母。

　　一天，她打开信箱，取出一个蓝色信封。她看到信封的右上角贴着一张极为熟悉的外国邮票，信封的左上角写着一个男孩的名字，这个男孩就是许多年前，她在那所学校所教的第一期学生里的一个。她记得他过去一直喜欢吃她的饼干，而且对她的课似乎也特别感兴趣。一张照片从信封里滑落下来，掉在她的

膝盖上，她的目光落在那张照片上，仍然可以看见那个十几岁孩子的影子。那里是印度的德里市。照片上的他正和其他去那里救援地震受害者的志愿者一起站在瓦砾中间。照片上写着：因为你，我现在才会在这里。

 心灵寄语

　　老师是火种，点燃了学生善良美好的心灵之火；老师是石阶，承受着学生一步步踏实地向上攀登。

老师妈妈

佚 名

　　我，一位农村女娃，考进重点高中进了城，一切都是陌生而新鲜的。半年后文理分班，我选择了学文。文科有两个班，我所分到的班是由一位刚从别校调来的女老师当班主任，许多同学求人转到了另一个班，而我，没关系，留到了这个班。我的学习不是很好，重视哪科哪科成绩就高，一骄傲了成绩就快速下滑，我就像墙角长出的一棵无人欣赏的小草，在班级的角落静静生长。

　　我以为自己会这样过完我的高中生活，平静无波，没想到高二时候发生的两件小事可以说是改变了我的人生。高二刚开学的时候，班主任找很多同学谈心，每逢看到有同学被找去和老师谈心我就特别羡慕，我以为老师不会注意到我的，没想到在一个停电的晚上，教室里点起了支支蜡烛，无意中我看见班主任向我走过来，轻轻地敲了我的桌子一下，暗示我随她走一趟，我兴奋地拿着手里已点亮的蜡烛到了老师的办公室。班主任拿着我的成绩单，语重心长地告诉我，我将来肯定能考上什么样的学校，努努力还能考上更好的学校，我在那个时候才知道本科比专科好，老师希望我期末考试的时候考全班前十名，我当时没听清，头脑一热就答应了，谈完之后我离开办公室的时候才意识到我许下了一个很难兑现的承

诺，但是已经答应了就不能更改了，努力吧，功夫不负有心人，我考到了班级的第七名，我原来的成绩可是班级中排四十多名的，这让我知道原来我行的。从那以后，我对自己充满自信。

还有一件事是有一次我病了，感冒，很重，上课起立的时候我没站起来，想通过这种方式让老师知道我病了。老师及时发现了，走到我身边，摸摸我的额头，让我上她的办公室休息。过了几分钟，她回办公室了，给我拿来感冒药，用她的水杯给我倒了些开水，怕我喝着烫，她细心地用嘴吹着热水，十多年过去了，那个情景还如同发生在昨天。我回家对母亲说老师对我做的她都没做过，我觉得老师比我妈妈还好，我想叫她老师妈妈，可我不好意思叫。

如今，她退休了，我祝愿她以及全天下像她一样好的老师健康幸福，教师节快乐！

心灵寄语

老师,传道授业解惑也。老师的一份叮咛，或许会改变人的一生，或许会激发学生向上的信心，或许……老师所做的一切，是职业所需，更是心灵至上之所发。他们是神圣的，是至高的，因为他们不仅在传授知识，更是在培育美好的心灵。

老师为你撑起一片天空

佚 名

汶川地震发生后，遵道镇欢欢幼儿园整体垮塌，而此时八十多名孩子正在午睡，除园长在外出差，5名老师都在园内。此次地震共造成五十多名小孩和三名老师死亡，目前仍有两名老师在医院抢救，一名孩子生死不明。

地震发生后，孩子家长很快就聚集在幼儿园废墟周围，不停地呼喊着孩子的名字，开始孩子们还能在废墟中发出微弱的回应，但随着时间一秒一秒地逝去，回应声越来越弱。家长们也只能无奈地坐在废墟边上，焦急地等待着救援队伍到来。

幼儿园园长李娟回忆起瞿万容老师被救援队发现的情形，泣不成声："当时瞿老师扑在地上，用后背牢牢地挡住了垮塌的水泥板，怀里还紧紧抱着一名小孩。小孩获救了，但瞿老师永远离开了我们。"

在幼儿园废墟里，记者看到孩子们使用的小枕头、小盖被，还有散落的一只只小鞋。人们不愿再去想象当时的慌乱与无助，但正因为有了像瞿老师一样的平凡人，才让更多孩子得救。

老师用知识为学生搭起心灵的避风港，用生命给了我们生存的勇气。当灾难无情吞噬了校园，奉献就是您生动的课堂。

感恩老师

奇迹是这样发生的

林百春

A班是出了名的乱班，晓波是出了名的差生。提起他，老师们摇头，主任挠头，校长也作无可奈何状。

新来的第十一任班主任了解情况后，做出了一个出人意料的决定：让晓波当班长。决定一公布，教室顿时哗然——

"让他当班长，同学能服吗？"

"想收买他？他会买你的账？"

挖苦，讥讽，作壁上观，更多的是不解和担心。

"是涮我吧？"晓波来找班主任谈。

"你为什么不能当班长？没信心？"老师反问。

"我知道自己在老师心目中的印象——逃课、顶撞老师、往墙上踹泥脚印……"

"你是有不足。"班主任正色道，"但肯定有你的理由，说说看。"晓波以沉默对峙。

"对老师讲课有意见，听不明白，在课堂上枯坐，装一副认真的样子很难。"老师耐心地代他解释，"我也当过学生，也体味过枯坐的滋味，你的心情我能理解，但你要学会坚持，只有坚持才有希望。你说是吗？"晓波点了点头。

"'顶撞'这个词不好，但你的出发点是好的。指出老师的不足本是好事，但用顶撞这种方式，味道就变了。你要冷静，遇到不顺心的事先对自己的情绪来个'冷处理'。譬如，你把'顶撞'这个词改成'建议'，把'火爆、恼怒'改成'和风细雨、平心静气'，效果就会大不同。你说呢？"晓波面生愧色，点头称是。

"你往墙上踹泥脚印，那是期考后的事，成绩不理想影响了你的心情。你并非蓄意破坏公物，而是出于一时的冲动。你能宣泄自己的情绪，说明你还未麻木。"晓波的脸腾地红了，他有一种初遇知音的感觉。

"老师让你把鞋印擦掉，你说不，让它留着，你是想让自己记住考试失利的教训，从头再来，证明自己。是不是？"晓波顿时激动不已。

"让你当班长，我是经过慎重考虑的，我相信你一定能把这个担子扛起来，希望你能为转变班风、使差班向好班转化多出一点儿力……"老师的一席话像一把火烧到了晓波的心底。

晓波果然不负重托，与从前判若两人，毛病改了不说，班级工作也十分卖力。不到一个学期，从前那个乱班和那个让老师头疼的差生就都没了踪影。

所有的学生在老师眼里都是一样的，正如同花园里的园丁，她会珍爱她的每朵鲜花，也会用心呵护每片绿叶。

人生的偶然

雪小禅

人生是有许多偶然的，所以，也就多了很多的机会。

初中的时候，她只是个很平常的女生，学习下等，和一些已经在社会上打工的女孩子混在一起玩，那时她上初二，不知道自己的明天在哪里。

一次期中考试前，她的好友悄悄把她拉过来说："告诉你个好消息，我有了这次考试的卷子了。"

原来，另一个学校已经考过，而有人告诉她，她们这次考试就是这张卷子。

那是张数学卷子，她几乎把它背了下来，如果按她的真实水平，她只能考30多分吧，但她那次考了一个全班第一，她的朋友只背过其中一部分，考了70多分。让她没想到的事还在后边，所有人都怀疑她作弊了，但就是作弊也不可能考98分啊，只有老师表扬了她并鼓励了她，说她进步很快，以后肯定还会考出好成绩。那一刻，她差点儿流了泪，她没想到老师相信她，况且同学们对她的羡慕让她体会到了一种从来没有过的喜悦和兴奋，原来，学习好了可以如此自豪！

从那以后，为了证明自己没有作弊，为了对得起老师那句话，她像发了疯一样开始学习，并从中体会到了学习的乐趣。不久，她的学习成绩果然跃居全班第一。一年后，她考上重点高中。三年以后，她考上了北大。

如果不是那次偶然偷来的试卷改变了她的命运，她本来也是和一些女孩子一样，毕业以后去外地打工的。因为那个考了70多分的女生最终去了一个饭店当服务员，而几年之后，她去美国留学了。

是那次偶然改变了一切，她抓住了那个机会。而那个女孩子，却没有抓住，于是一切变得如此不同。十几年后她回母校做报告，说了自己的故事。当时已经白发苍苍的数学老师对她说了真相：孩子，当时我就知道你是作弊了，因为以你的能力不可能考98分。但我想，也许你从此能发愤，所以，我给了你鼓励和信任。

那一刻，她的泪水流了下来，在人生最关键的时刻，那个最明白她的人，没有把她当贼一样揪出来，而是给了她鼓励，让她的人生从此与众不同。

心灵 寄语

师者，所以传道授业解惑也。作为一名教师，更重要的是让学生明白人生的意义和态度。鼓励和信任学生，常常会成为学生的动力源泉。

让自己看见生命中的蓝天

佚 名

中考时，因没考上重点高中，我不禁感到心灰意冷。父亲的斥责在我眼里成了唾弃，母亲的鼓励也被我视为唠叨。一种难于道明的青春年少时期的叛逆使我开始憎恨这个世界，开始与父母、老师甚至自己作对。

班主任曾私下不止一次对我的同学断言，如果将来有一天，我也会有出息的话，那一定是上天瞎了眼。对此，我从来深信不疑。那时候的我是学校最鲜活热辣的反面教材，老师可随时毫无顾忌地当着同学的面将我贬得一文不值。

然而，一次戏剧性的偶然让我对生活的态度发生了截然改变。那是一次"学习交流会"，学校年级前20名的优等生在小会议室交流学习心得体会，而年级排名后50名的差生则安排在大会议室作"分流动员教育"。身为年级排名后50名的我当然是重点教育对象。虽然在校呆了差不多两年，各种办公室倒是进过不少，会议室却是破天荒头一遭，我竟阴差阳错误入了小会议室。后来我就想，这也许就是班主任所说的"老天瞎了眼"的时候吧，

主讲是一位小老头儿，一个挺有风度的外地教授。他所讲的无非是些现阶段中学生应该注意哪些心理问题什么的，听起来挺无聊的，弄得我昏昏入睡。突

然，蒙眬中的我瞧见坐在老头旁边维持秩序的政教处主任的眼神奇怪地朝我这边闪了一下，一种不祥的预感从心头涌起。

果然不出所料，当着众多人的面，我被政教处主任"请"了出去。"你应该到大会议室去，那里才是你们这些人呆的地方！"政教处主任狠狠地对我喝道。

"发生了什么事？"老头儿走了过来。

"没什么，"政教处主任瞄了我一眼，不屑地说，"这个家伙不知好歹混了进来，我正要把他赶走，他是我们学校最差的学生！"我默不作声地瞪着他，心里的火焰蹿得老高。

老头儿扶了扶眼镜，和蔼地端详了我一会儿："一个挺好的孩子，你怎能够这样说自己的学生呢？"政教处主任的脸一下尴尬起来。"如果你不介意继续听我讲座的，我将深感荣幸。"老人对我说。刹那间，一股暖流涌遍了我的全身，一位德高望重的教授对一个不可救药的劣等生说"我将深感荣幸"，我不是在做梦或是听错了吧？我激动得说不出话来，深深地向教授鞠了一个躬，直着腰从前门走出了小会议室。

"考上大学只能证明文化知识也许学得不错，会打球会绘画会唱歌会跳舞也仅仅表明一种生活的兴趣与修养，可是我们这些老师们却常常忽视了一个最基本的问题：怎样培养学生从小就以积极的心态面对生活，这才是最重要的。谁也无法知道明天将会怎样，谁也没有权力去预言别人的明天，如果觉得生活对你不公平，不妨试着换一种心态生活，你或许会发现，摘下眼镜，蓝天始终还是蓝天……"老教授温暖的话语让我至今记忆犹新。

如何教育学生，始终是永恒的主题。师者，传道授业解惑也。向学生们"传道"应该是第一位的。然而，由于各种因素的存在，"授业解惑"却变成了第一位，为此，我们应该反思现代的教育，还教育真实的本意。

不要忘记卑微

曾庆宁

　　北方的一月格外冷，那天下着雪，刮着凛冽的北风。我教的班级来了一名新学生，他叫罗强。

　　第一眼看到罗强我大吃一惊，天气那么冷，他却上身穿了一件紧身短背心，下身穿一条破旧的牛仔裤，而且还有一只鞋的鞋带丢了，走起路来就拖着。他一进教室，所有学生都瞪大了眼睛，并发出一阵低声的喧哗。我刻意没有阻止，看了一眼罗强，他面无表情。

　　罗强不仅外表怪异，他的学习成绩和行为也令人堪忧：已经11岁了，连拼音都不会写。有时还会对着墙角傻呆呆地站上一个小时，他是怎么升到四年级的呢？像他这样的智商应该去特教学校才对。

　　我带着诧异的心情去找教务处的孙老师，孙老师一听到罗强这个名字，就叹了一口气："唉，这孩子挺可怜的。他生下来就被遗弃。本来收养他的那对夫妻很不错，谁知他的养父在他 3 岁时出车祸死了，他的养母也一下子疯了，就带着他到处奔波，靠好心人周济度日，罗强只有跟着到处转学。不过据别人说他小时候特别聪明……"听到这里，我的心情异常沉重，道了声谢就离开了。我明白了，这是个命运多舛的孩子，但这一切都不是他的错。于是我下决心要帮助他。

孩子永远是排外的，虽然我尽量不让其他同学在课堂上捉弄罗强，但下课后，他经常沦为大家嘲笑和侮辱的对象。有一天，我走进教室，发现罗强端正地坐着，高高地捧着一本书，这个反常的举动使我不由得走到他身旁。我发现他的衣服被撕破，鼻子也在流血。原来他下课时被班上的一群孩子追打。上课后他努力装作什么事情也没有发生，他还拿出了一本书，好像是在读，其实只是为了挡住他的脸，血水混着泪水，一滴一滴流下来。

我立刻愤怒了，我把罗强带到诊所，简单包扎了一下。在我想要送他回家的时候，罗强突然流着泪问我："老师，为什么哪里都有人欺负我？"我顿时被这句话噎住了，我该怎么回答他？想了一下，我坚定地说："他们是错的，老师会帮你改变这一切！"

我把罗强又带回教室，把那几个惹事的家伙叫到讲台上狠狠地批评了一顿。我近乎咆哮地说："因为罗强和别人不一样就歧视他，你们应该为这种行为感到羞耻。正是因为罗强需要改变，我们才更应该善意地对待他，欺负弱者不是男子汉的行为……"直到这几个男孩儿流下了悔恨的泪水，向罗强深深地鞠躬道歉，我才怒气平息，结束了我的训话。

那次以后，我逐渐改变了对罗强的看法。我终于看出了，在他冷漠的背后，是一颗极度渴望得到别人关心与爱护的心！

中午休息时我特意去商店给他买了一身套装，因为其他同学总是嘲笑罗强衣衫褴褛。他接过衣服时特别高兴，当他摸到那崭新的商标时，他的手有些颤抖，哽咽着说："老师，我从来没有想到自己有一天会穿上一件专门为我买的新衣服！"这句话令我的心微微一颤，从这以后，我经常为他补课，从一年级课程开始。我发现罗强真的很聪明，不到半年的时间，他已经把以前落下的课程都学完了。

我对他的额外关心给罗强带来了很大的变化，连我自己都感到有些吃惊。他的目光里不再是冷漠和迷惘，多了一些友善，还有尊严的光芒。他终于走出了自己那个狭小的世界，并且和班里的许多人成为好朋友。

这以后的日子变得轻松而愉快。直到有一天，罗强告诉我，他两天之内又要和母亲搬到新的地方去住。

我的心突然间感到一丝隐隐的疼痛，也许从前我不会在意这个消息，可现在他已经成为了我们整体的一部分。许多同学知道后也舍不得罗强走，但是谁也没有办法。我和同学们商量好，准备第二天为罗强开一个送行会。

第二天，也是罗强最后一次来这个班级上课。他背了一个非常大的背包。在欢送会上，他打开了背包，里面装满了学生用的教科书。他眼含热泪说："老师，同学们，我从小到现在读过十几所学校，在这里我得到的最多，我也懂得了以后如何做人。我没有什么可以报答你们，就把这些书都送给班级吧！我有很多的书，都是以前的老师们送给我的。我把它们留在这里，希望你们看见这些书会想起我，虽然我很卑微，希望你们不要忘记我……"

心灵寄语

萤火虫的高贵之处，在于用那盏挂在后尾的灯，专照别人；老师的可敬之处，在于总是给别人提供方便和帮助。

有月亮的晚上

王连明

　　窗外有悄悄的说话声，嘁嘁喳喳。我故作严厉地大声问："谁呀？"说话声顿止，突然又响起一阵哄笑，接着是一群人逃离时纷乱杂沓的脚步声。山村里，惊起几声响亮的犬吠。

　　我拿起书走出屋子。我知道，那是我的学生们，他们是来叫我去学校的。我们这里是山地，学生居住分散，到学校要翻山，穿林，过河，走不少的路。为了大家的安全，学校不让学生晚上到校自习。但是，学生几次向我提出，晚上要到学校做功课，并提出了许多理由：什么家里没通电，一盏油灯一家人争着用啦；什么家里人口多太吵，不安静等等。总之，好像不到学校就无法完成功课似的。见我还是不同意，学生就提出了折中的办法：没有月亮的晚上在家做功课，有月亮的晚上，就到学校去。我仍不同意。其实，我不同意是出于个人的"私心杂念"。因为，晚上是我唯一一点儿可供自己支配的业余时间，我得充分利用这点儿时间，静下心来读读写写。可是，到了有月亮的晚上，就有一群群学生来我家里，他们问我在家干啥？我说看书。他们就说，那咱们赶快去学校吧，你看书，我们做功课，那多好！我逗他们：说说看，好在哪里？于是，他们就笑，而且笑而不答。

学生这样"烦我"，我不讨厌，也不生气，因为爱学生是教师的天职。于是就腋下夹着两本书，同学生们一起踏着月色去学校。深秋之时，夜凉如水，真有点儿"凉露霏霏沾衣"的感觉。学生们簇拥着我，蹦蹦跳跳，书包里的铁皮文具盒叮当作响。他们大声嚷，高声笑，全然没有了平时课堂上的拘谨。偶尔谁还"啊——嗬——"地喊一嗓子，肆意挥洒着心中的快乐。在这样的氛围里，学生们最能敞开心扉，一下子缩短了师生之间的距离。他们肯把埋在心底里的话讲给我听，肯把不宜外传的家事告诉我。师生间的关系，这样的和谐，也如月光似的柔和了。

一路欢乐一路歌，到了学校走进教室后，学生们的言行马上收敛了。见我坐在桌前翻开书，他们便不再说笑，一个个轻手轻脚坐到位子上。这时，一阵翻动文具的响声之后，教室里便渐渐安静下来。他们开始做功课，女孩子的头发从耳边垂下，遮住了半边脸，男孩子的小眉头微皱，一本正经的样子。那天真、幼稚、纯朴的神情很是悦目。有时候，有的学生偶然抬头向前看，师生目光相遇，都相视一笑。有时，有的学生会歪着头，拿起橡皮，用夸张的动作擦本子，擦完了，又抬头朝老师望一眼，憨态可掬。

看一会儿书，我站起来在教室里巡视，并轻声指点。发现有的学生写得很快，字却不工整，不用批评他，只要走到他身边停一下，他写字的速度就骤然放慢，字也马上变得规规矩矩。我刚一离开，背后就响起了轻轻的撕纸声。不用问，他一定是重写了。双方谁也没说一句话，但又分明是进行了一阵"对话"。

月光下的晚上，窗子大开，夜风悄然潜入教室，能感触到额际的发丝被风拂动着。窗外的大叶儿杨不时发出沙啦啦的响声。学生说的不错，我看书，他们做功课，大家无言地相互守着，这样的确很好。

但我是不会让学生在学校待太长时间的，时间久了，他们的家长会惦记。只要功课一做完，马上赶他们回家。学生说："你不走，我们也不走。"我说你们先走吧，可以一边走，一边唱歌，我坐在教室里听你们唱，等听不到你们的歌声时，我再走。终于，大家快活地答应了。他们一出校门就唱起来，而且故意大声唱。我想，他们一定是笑着唱的吧？山村的夜晚很宁静，那歌声，那夹带着稚气的童声，显得极为清亮，且传得很远很远。清脆的歌声不时惊起此起彼伏的狗叫，静寂的夜一下子被搅乱了，于是，喧闹起来，生动起来。

听着学生们的歌声，我能准确地判断出哪几个学生朝哪个方向分路了，进了哪道沟，上了哪条岭……歌声渐远渐弱。终于，完全消失，狗也不叫了。夜又归于宁静，像搅动的水又重新平复了。这时，只有明亮的月光，默默地照着山野、村庄。那阵喧闹，如幻觉一般，让人怀疑是不是真的发生过。

那些有月亮的晚上，真美！

心灵寄语

鲜花感恩雨露，因为雨露滋润它成长；苍鹰感恩长空，因为长空让它飞翔；高山感恩大地，因为大地让它高耸；学生感恩老师，因为老师教他知识。

穿红裙子的语文老师

佚 名

又一个夏季。

火热的田野，火热的山林。她穿着一条红裙子。带着几名小学生，说说笑笑走出校门，步入校园树丛的绿色中了。

这是所"老龄"的村级小学，已经65年了。任课老师大多都50多岁了。学校在"老"的色彩中变得默默无语。

那年我刚上小学，20岁的她走进了校园。她有一头乌黑的长发，穿了件美丽的红裙子。

学校安排她给我们上语文课，任班主任。她上语文课与众不同：有时把学生带到村子中间的清水河里，找小鱼咬脚趾的感觉；有时把学生领到郁郁葱葱的牛头山上，看哪儿像牛头，哪儿像牛角；有时把学生打扮成课文中的大灰狼、小白兔、丑小鸭，在讲台上模仿课文内容大喊大叫，有哭有笑……

课堂上，学生跟着她进入了情境。一会儿是没捞到月亮的水淋淋的小猴子站在讲台上，一会儿又是卖火柴的小女孩可怜巴巴地向大家诉说着什么。

她那漂亮的红裙子飘在课外活动场地上，飘在学校的小戏台上，把学生带到课本以外的精彩世界。不久，班队会、活动课在这所偏僻小学各班如火如荼地开展起来了。二胡、口琴、笛子、小碗、小盆等"乐器"的"交响曲"在校园小戏台上演了，惹得近处几个"玩船迷"村民止不住心里痒痒而登台献艺。小学生们把课本剧演到了家里，课本里的故事家长们也熟悉起来。学校变得丰富多彩起来，它驱散了丛林深处的宁静，赶走了村民们的无聊和疲惫。

放学回家的学生吃了饭就吵着要上学，学校充满了令家长费解的诱惑。再也没有搜肠刮肚找借口的"逃学生"了。更没了爸妈拿棍赶着上学的孩子了。村民们在议论：学校变了。原来辍学的 9 名学生又自觉地背着书包上课了，主动来学校找老师谈孩子情况的村民多起来……

有一次，她到县城参加了一个教学研讨会，一去就是 5 天。这可苦了这些山里娃。他们一天三次站在校门口的尖角山上，等啊，盼啊，想看到那红裙子又飘回来。等到第 3 天，五年级的一个女生不知从哪里得到的消息，泪水汪汪地告诉大家：红裙子飘到城里的学校了！

坐到太阳落下了尖角上，带着一种无名的惆怅、一种失落感，几个不甘心的小学生背着书包，拖着沉沉的脚步告别了最后的一抹余晖，才依依不舍地回家。

第 6 天，她从城里回来了。她带来了锅碗瓢盆，带来了批改作业的小方桌，还带了几件更漂亮的红裙子。她对着围过来的学生们微笑着，好像在说：我哪里也不去。

激动、兴奋的孩子们把她围起来，许多学生流着泪笑了。在红裙子的映衬下，这些满含渴望的笑脸多么动人，多么纯真！

心灵 寄语

老师是伟大的园丁，用雨露洒满大地，用心血哺育幼苗，"桃李满天下"是您的结晶。

长大后我就成了你

佚 名

对一个内心孤独、情感脆弱，在姥姥家长大的知青的孩子来说，没有什么比鼓励、温暖的话语更能令她快乐、感动的了。在我中考的时候，以两分之差没有考上重点中学，只好留在母校，一所普通的中学读书。就是从这时起，解兰芳老师开始教我化学，一教就是三年，直到把我送到了北京师范大学化学系。我是个孤僻的女孩儿，不爱说话，和同学很疏远，没有什么远大的理想，在我受的教育中，能考上大学就是天大的幸运了，从没想过选择。高一入学后，有一天我被解老师叫到办公室，她很平淡地对我说，我是我们班入学时化学成绩最好的学生，希望我再接再厉，努力学化学，有不会的问题就来问她。我当时有两个惊讶：第一，我竟然是我们班化学学得最好的，要知道我对化学没有什么特殊的感情，它也不是我中考几科中的最高分；第二，老师干吗单独把我叫来说这些话呢，据我所知，好几个同学和我的化学成绩一样。不管怎样，我很开心，老师那么早就认识了我，对我这个又矮又胖，戴近视眼镜的不起眼的女生来说是一种安慰。

在不知不觉中，我花了很多时间和精力学习化学。有一次晚自习时间，全年级进行化学竞赛，我们班本来是解老师监考，但她生病不能来了，于是我们班在无人监考的状态下完成了这次竞赛。当然，同学之间会对答案，抄别人的答案；我也没例外，和同桌对了答案。我至今仍记得第二天下雪了，解老师在操场上告诉我：我考第二名，81分；我的同桌考第一名，83分；还问我事先知不知道试题？我摇头。雪花落在我的脸上，融化成雪水，和我的泪水混合在一起。要知道昨天考试的时候，她抄了我好几个答案，而我只问了她一个填空。也许解老师觉得我们俩考得太好了，怀疑我们，这对我来说已经算不了什么了。我心痛，我发誓考试的时候永远不作弊，要知道，我多么想看到她因为我考了第一名而开心地笑啊！

从那次竞赛以后，我的同桌成了我们班化学最棒的同学，我暗暗努力，但是不管怎样就是无法超越她，日子如水一样流过，一晃就是两年。在这两年中，几乎所有大大小小的化学考试，我都不是第一名，我的行为令我自己都无法理解，我竟然从未灰心，从未绝望，我从未如此坚强过，依然如故，每晚温书而且必温习化学；我从未如此坚定过，坚信解老师看到我得第一名会更开心。

转眼上了高三，班上女生的整体成绩明显下降，而我却恰恰相反。在第一学期期中考试的时候，我以高出第二名30多分的成绩排在全年级第一，同时值得欣慰的是我的每科成绩都得了年级第一名，这里面当然包括化学。但是，解老师并没有表扬我，甚至没有一个赞许的眼神。不过，我想她是开心的，她最好的学生一直是我，不是别人。后来我问过她为什么不表扬我，她说事实摆在那儿，言语是多余的。在整个高三，我一直做着年级的领军人物，虽然最后高考，我没有得第一名，但是我的化学成绩仍然是全校最高的，我更在乎这点。

好的成绩给了我极大的信心，我要上最好的大学，可是我将来做什么呢？这天上化学课之前英语老师把我叫了出来，告诉我派我代表学校参加区里的英语竞赛，就细节问题说了半天，等我回教室时，以为他们早开始上课了，没想到解老师在讲笑话，等我，看我进来才

开始上课。也许这对别人来说是一件小事，但我从那一刻起，决定做个像解老师一样的化学老师，用行动和话语温暖学生的心。我报考了解老师的母校北师大。其实报考北师大，我并没有十足的把握，但我的愿望太强烈了，我一定要做一个她那样的老师，那就要和她受一样的良好的教育，上同一所名牌大学。

十年从指缝间流过，从我和解老师相识，到而今自己成为一名化学老师已经三年了。我的梦想从现实中走来，在现实中实现，谁说平凡的生活不幸福？谁说青春的梦想不易实现？我做到了，而且做好了。

我是解老师一生许许多多的学生中，很普通的一个。我感谢老师给了我温暖、鼓励和希望。面对我的学生，我总能想到当年的自己，也许老师只是每个学生漫长一生中的匆匆过客，也许很多年以后，当年老师教的知识早已所剩无几，但老师温暖关心的话语，信任鼓励的目光会在我们心里留下深深的痕迹。

我相信并且在实现着：一个学生热爱生活，是从热爱他的老师开始的。

心灵寄语

长大后我就成了你，恩师，如同大桥，为我们连接被割断的山峦，让我们走向收获的峰巅；如同青藤，坚韧而修长，指引我们采撷到灵芝和人参。

举起生命的右手

感恩老师，忘不了老师那和风细雨般的话语，涤荡了我心灵上的尘泥；忘不了老师浩荡东风般的叮咛，鼓起我前进的勇气。

冰淇淋的眼泪

彭永强

　　朋友就读于一所师范学校，毕业后在父亲的努力下，去了县城的中心小学，日子过得平平淡淡，倒也有滋有味。

　　可是，朋友渐渐地对那种平淡的生活失去了兴趣，他想过得更为激情，更加精彩。于是就在一个青年志愿者协会发起的支援西部的活动中报了名，置亲朋好友的劝告于不顾，要求到西部支教。

　　朋友被安置到甘肃西部的一个小山村里。第二天就正式讲课了，三、四、五年级在一起上课，讲得匆匆忙忙的。不久，朋友就来信说，那里条件很苦，工作也累，似乎想知难而退。

　　但后来发生的一件事改变了他的想法。

　　那天，班上最小的一个孩子问他："老师，书本上说的冰淇淋是什么东西？为什么城里的孩子都喜欢吃冰淇淋？"

　　"冰淇淋是一种冰做的食物，里面放有奶油、巧克力等物，吃着凉凉的、甜甜的，是夏天最好的消暑食物……"他面对一群瞪大眼睛的孩子，忽然感到自己的解说是那样苍白无力，毕竟，要知道梨子的味道，是应该亲口尝一尝的。

"老师，巧克力是什么呀？"他刚刚顿住，另一个孩子就迫不及待地问道。

看着孩子们迷惑的眼神，朋友感到了问题的棘手，就匆匆地应付了几句，孩子们听得似懂非懂的。

后来，一个偶然的机会，朋友到县城去领一个邮包，正打算回去时，却无意中发现了那个县城唯一的冷饮店，他决定为班上的二十几个学生每人买一个冰淇淋带回去。好在那天天气还不是很热，他向老板要了一个塑料盒子，又找来一些破棉花，包着装有冰淇淋的食品袋，赶了近二十里的山路，朋友才回到了山村，还好，冰淇淋才稍微化了一点儿。他将冰淇淋分给了孩子们，看到他们欢呼雀跃的样子，心里才稍稍多了一些安慰。

第二个星期，他看到了一个孩子的作文："我们都很爱我们的老师，他是一个好人，给我们每个人买了一个冰淇淋，很好吃。我们以前谁都没有吃过冰淇淋，那时，我们感动得流泪了，冰淇淋也很感动，它流着白色的泪……"

心灵 寄语

老师是真善美的耕耘者，是真善美的播种者。老师用真善美的阳光普照，用真善美的心灵赢得学生的永记。

一句话改变一生

鲍勃·格林

马尔科姆·达尔科夫,现年48岁。过去的二十多年里,他一直从事专业创作,大部分作品是关于广告促销的文章,下面是他的故事。

达尔科夫孩提时代是个生性极为胆怯、害羞的男孩儿。他几乎没有什么朋友,对什么事都缺乏自信心。那是1965年10月的一天,他的中学女教师露丝·布劳奇在班上布置作业。学生们已阅读了《杀死一只模仿鸟》一文。现在,老师要求他们接着那篇小说的最后一章写续文。

达尔科夫写完了续篇,交了上去。今天他无法回忆起他写的那章节有什么独到之处,或者老师布劳奇给的评分究竟是多少。但他至今仍清楚记得,而且永生不忘的是布劳奇老师在他作文的页边空白处写了四个字:“写得不错。”

一句话,一句话竟改变了他的人生。

“在读到这些字之前,我不知道我是谁,也不知道将来干什么。”他说,“读了她的批注后,我回到家,就写了一篇短篇小说,这是我一直梦寐以求但从来不相信自己能做的事。”

在中学那年剩余的日子里,他写了许多短篇小说,经常将它们带给布劳奇老师评阅。她不断给予鼓励，批改一丝不苟，态度和蔼可亲。"她就是我所需要的。"达尔科夫说。

不久，他被指定担任中学报纸的编辑。达尔科夫相信如果当时没有那位女教师在他的作文页边上写下那令人鼓舞的四个字，也许今天的一切就不会发生。

在中学建校30周年的聚会上，达尔科夫回母校看望了已退休的布劳奇太太。他告诉她当时她所写的四个字对他产生了多么巨大的影响。他对她说由于她曾给了他成为一名作家的信心，他才能够将那种信念传递给后来成为他夫人的女人，她后来也成了一名作家。他告诉布劳奇太太，他办公室里有一位年轻女子，利用晚上的时间攻读中学课程，她经常请求他的指点和帮助。她尊敬他、求教于他是因为他是一名作家。

布劳奇太太听了他帮助这位年轻女子的故事后十分感动，"在那一时刻，我想我们俩都意识到布劳奇太太曾投下了令人难以置信的长久的影子。"他说。

"写得不错。"

寥寥数语，它们竟能改变一切。

心灵 寄语

一句话，一辈子，一件事，一生情。

麦琪和她的天才班

琳达·凯夫林

　　麦琪是学期中间被调到这个公立学校的，而且一开始校长就要她当四年级B班的班主任。麦琪听说前任班主任半途辞职了，但校长没有告诉她为什么，他只是说这个班级的学生都很"特别"。

　　第一天走进教室，麦琪先被吓了一跳：横飞的纸团、架在桌子上的脚、震耳欲聋的吵闹声……整个教室活像混乱的战场。麦琪翻开讲台上的点名册，20个学生的名字呈现在眼前。点名册上还记录着每个学生的IQ（智商）分数：140、141、160……麦琪恍然大悟，噢！怪不得他们这么有精神头儿，原来小家伙们个个都是天才！麦琪微笑着请大家安静下来，为能接手这么高智商的班级而暗自庆幸。

　　刚开始，麦琪发现很多学生不交作业，即使交上来的也是潦草不堪，错误百出。麦琪找孩子们单独谈话："凭你的高智商，没有理由不取得一流的成绩，你要把潜力发掘出来。"她对每个学生这样说。

　　整个学期里，麦琪不断提醒同学们，不要浪费他们的聪明才智和特殊天赋。渐渐地，孩子们变得勤奋好学，他们的作业准确而富有创造力。

学期结束时，校长把麦琪请到办公室。"你对这些孩子施了什么魔法？"他激动地问，"他们统考的成绩竟然比普通班的学生还好！"

"那很自然啊！他们的智商本来就比普通班学生要高呀！您不是也说他们很特殊吗？"麦琪不解地问。

"我当时说B班学生特殊，是因为他们有的患情绪紊乱症，有的智商低下，需要特殊照顾。"

"那他们的IQ分数为什么这么高？"麦琪从文件夹里翻出点名册，递给校长。

"哦，你搞错了，这一栏是他们在体育场储物箱的号码。很遗憾，麦琪老师，你的学生并不是天才。"原来这个学校的点名册，在一般学校标智商分数的地方，注的是储物箱号码。

麦琪听了，先是一愣，但随即笑道："如果一个人相信自己是天才，他就会成为天才。下学期，我还要把B班当天才班来教！"

心灵 寄语

老师可以不是天才，但却可以成为天才的老师。一名好的老师想要教出天才学生，首先要把学生当成天才来教。

严　师

玛丽·富特蕾尔

我从小喜欢言谈，即使在课堂上也絮叨不止，这点恰好是乔丹小姐所厌恶的。

乔丹小姐是我十年级的语文老师，为人认真严厉，身高5.5英尺，十分瘦削，一绺头发，绾到背后，看起来非常像一匹马，戴着一副半圆形眼镜。当她感到气恼时，常低下头，从眼镜顶部逼视别人。

有一天，在她的课上，我忙于与邻座同学闲扯，没有注意到她已停止讲课，怒视着我："下课到我这里来！"

那次训斥，乔丹小姐虽然声音很低，却十分严肃，告诉我以后要静心听课。"作为惩罚让你写一篇千字作文，题目是《教育及其对经济的影响》，下星期三交稿。"

我如期交卷，颇为自负，然而，次日课上，她从眼镜框上看着我，咄咄逼人，把作文掷了过来。"重写！"她说。直到第六次，她才摘掉眼镜，莞尔一笑，终于收下了这篇作文。自那以后，我把这事忘得一干二净。

才两三个月，我又故态复萌，再一次在她的课上嚷嚷，同学们直向我使眼色，我向上一看，正好与乔丹小姐的目光相遇。她没有责备我，继续说："我讲的是市里举行的作文比赛，已经揭晓。"她停顿一下说，"同学们，玛丽在这次竞赛中取得第三名。"

我开始困惑，继而惊喜，那是我有生以来第一次获奖。几年后，我把当时的感受告诉一位记者，甚至连我对乔丹小姐其貌不扬的描述也登了出来。真有点儿内疚。后来，她来信说没关系。当我一再重写作文时，学会了严格要求自己。老师的信感动了我。

这句话像座灯塔那样指引我——只有严格要求自己，才会取得成功。

心灵 寄语

严师出高徒。严，正是老师对学生们爱和负责任的体现。严，正如一面镜子，能够照到自己的言行和举止。

第一位班主任

禾 草

　　我的第一位班主任老师是我小学一年级到三年级的语文老师，矮个儿，圆圆的脸，嘴角边老挂着一丝微微的笑容。关于这位老师，几乎已无多大印象了，唯有她带着微笑说过的一番话，却时常会萦绕在我的耳际，特别是在我遇事胆怯踌躇的时候，我就会情不自禁地想起它，令我不断地战胜自己的怯懦。

　　小时候，我是个性格非常怯懦的女孩儿，在家里，父母认定我是姐妹中最没出息的孩子；在学校里，我像一棵含羞草躲在墙角边，遇到被调皮孩子欺负时，我就只剩下哭泣的份了。因为怯懦，我常常被孤独包围着，也因为怯懦，我面对老师的提问，一次次错过了表现自己的大好机会。

　　已记不清那天老师提了个什么问题，许多抢着发言的同学，回答都不能令老师满意。我能回答这个问题，想要举手发言，但胸口却像有个小兔子在蹦蹦跳，手没举起来，脸已涨得通红，举了一半的手慌忙缩回，但这个小小的动作，没有逃过老师敏锐的目光，我立即被叫了起来。我嗫嚅着，老师微笑地望着我，这目光十分亲切，我终于鼓起勇气说出了想说的话，虽然回答的声音轻得几乎只有自己才能听见，但老师侧着头细细地听，没有打断我的话，问题回答完毕我的脸已变成了猪肝色，没想到老师却接连地鼓起掌来，连说了几个"好"字。下课了，老师把我叫到跟前，用手摸了摸我的头，脸上依然带着那一种微笑，说："你不是回答得很好吗？其实不管做什么事情，如果因为害怕错而不敢说不敢做，就永远不知道是错还是对，其实错了又怎么样，记着错在哪里改过来不就得了，胆小的人真正的敌人是自己，懂吗？记着，要敢于战胜自己，做个大胆的人！"

如今，一晃已二十几年过去了，我虽不敢以能人自居，但几番自审，发现这怯懦的毛病却几乎荡然无存，前两年居然斗胆承包了一个文印部，且在第二年又开设了分部，在外人眼里俨然算个女强人。我并不要做什么女强人，也并不喜欢这个称呼，但儿时这位班主任老师的那一番话倒确实常常让我想起，令我不断地战胜自己。

心灵寄语

若干年后学生身上散发的智慧光芒里，依然闪烁着老师当年点燃的火花。

忘不了的鞠躬

佚 名

那天，我和往日一样，疲倦地挪进教室。当我准备按部就班地开始上课时，吃惊地发现黑板上居然有上堂课的"历史遗留问题"！

"谁值日，今天？"我黑着脸扫视教室。

"老师……我……"靠门传来一个怯怯的声音，一个小个子男生——羽佳站了起来，他吐了吐舌头："我忘了……"话音未落，人已经冲到了讲台开始擦黑板了。

"唉，现在的学生啊，真是越来越不像话了。"我摇摇头，心中一阵苦笑。进入了现在的这所学校，不知不觉中，我已经混过了近10个年头。之所以叫"混"，是因为这些年来，我在教学上没有多大的长进，成天就是备课、上课、改作业、训人、挨训、写报告……其实，倒不是我生来如此。刚从师大毕业那阵子我还是挺热情的，满脑子的新思想、新理论，觉得凭自己的一身本事，一腔热血，一定能在教学上干出一番天地。然而，这一切都成了过去，学生不听话，家长不配合，领导不支持就像三场冰雹一样，很快就浇灭了我的激情……

这节课倒也顺利，40分钟很快就过去了。

我收拾起讲义，向门口走去。

"老师，"门口的小个子替我打开门，毕恭毕敬地说，"请——"我觉得这小子挺逗的，有意跟他开个玩笑。于是，我夸张地向他鞠了一躬，很绅士地说了声"谢谢"。说完，转身向教师休息室走去。

这件事情如同发生在我身边的很多事一样，我很快就忘记了——直到我收到那封信。

这已经是几年后的事了。临近教师节的时候，我收到一封寄自军营的信。
"老师：

您好！您可能已经忘了我是谁，但是，我永远忘不了您那真诚的鞠躬，忘不了您跟我说的那句谢谢……我一直以为，我的成绩不好，表现平平，没有哪个老师会注意我……没想到您居然会跟我说谢谢，并且向我鞠躬，从来没有老师对我如此客气……"

看到信里提起的事情，我的脑海里却怎么也回忆不起来。有这事？

"……老师，您可能不知道吧？那天我不擦黑板是故意的，就是想引起您的注意……总之，我要感谢您，老师。我忘不了您的鞠躬。是它，让我重新认识了自己；是它，让我找回了自信……您永远的学生——羽佳！"

看完信后，我的脸上发烫，手心发汗。

直到此时，我才知道，写信的学生名叫"羽佳"。直到此时，我才回忆起依稀有过这么一回事。

对于学生的心灵，老师个人的范例是任何东西都不可能代替的阳光。有时老师的一句话一个举动往往让孩子们记住一辈子。

举起生命的右手

梁宇清

　　师专毕业，我被分配到一所乡中学教语文。在一堂作文课上，我发现一位叫雪的女孩儿写字用的是左手，显得别扭而吃力。听其他的学生说，雪是转校生，同我一样刚来不久。她性格内向，平时沉默寡言，与同学们的交际不多，在这个充满活力与亲情的班集体里，显得有些格格不入。

　　以后我每次上课看见她总是用左手记笔记，回答问题时举的也是左手，但次数很少。她的右手总是塞在口袋里。这让我觉得迷惑。

　　在一节作文课上，我破天荒地出了个古里古怪的题目——《举起生命的右手》。同学们看了题目后叽叽喳喳的，这也难怪，对于初中生来说，要理解如此抽象的句子的确有点儿困难。我没有作过多的解释，只是告诉他们，自己认为怎么写就怎么写，实在不会的可以交白卷。

　　不出我所料，有近半数的同学只写了个题目便没了下文。这些我都不在乎，我在乎的只是雪，我想借此来弄清她那只神秘的右手。急不可待地找到她的本子，上帝保佑，她写了，且有足足五页纸。在文中，她向我讲述了自己一段灰色的心情故事。

　　原来，她的右手多长了个小指头，就是俗称的"六指"。以前她并不认为多长个指头是"丑事'，但上了初中后，周围的同学开始用异样的眼光看她，背地里还给她取了个外号叫"六指耙"，于是她开始感到尴尬和自卑，那小指头也越看越不顺眼，有时甚至想一刀把它剁掉。就这样，一个本是活泼可爱的女孩儿变得心事重重了，在同学和老师面前抬不起头，学习成绩亦一落千丈，所以转了学，并开始把右手藏起来，用左手练习写字……

　　我心里不由一阵感动，待看完，已是泪盈于睫。拿起红笔，我在她本子上重重写下了一句话：天生的不足不应该成为人格的缺陷，勇敢地举起右手，你会发现，其实自己很完美！第二天上课，我惊喜地发现，雪作笔记用的已是右手，眼睛瞪得圆圆的，抬头看着黑板。当我提问的时候，她第一个高高地举起了右手，我毫不犹豫地叫了她的名字。

　　真的，对于生命而言，那高高举起的有缺陷的右手，又何尝不是一种完美呢？

心灵寄语

　　感恩老师，忘不了老师那和风细雨般的话语，荡涤了我心灵上的尘泥；忘不了老师浩荡东风般的叮咛，鼓起我前进的勇气。

那次我"如芒在背"

肖亦翅

课堂上,我口若悬河,滔滔不绝,介绍着祖国的海产。

"老师,"忽然有个同学发问,"请问大黄鱼和小黄鱼有什么区别?"

我一下子哑了。说实话,我并不知道,但又不敢承认。我嗫嚅了半天,终于道:"大的就叫大黄鱼,小的就叫小黄鱼喽。"

教室一角爆出一团哄笑声,并很快蔓延到整个教室。

怎么回事?

"老师,"有个学生小声说,"在书上106页有。"

我翻开书,目瞪口呆了。这上面记着一个小故事,说是有位地理教师也碰到一个学生问他这个问题,他也不知道,于是"如芒在背"。后经多方查找资料,请教内行,终于弄明白这两种黄鱼的主要区别在于鳞片的大小和尾柄的长短。

学生早已知道,却故意来问我,出我的洋相!看我的笑话!

我的呼吸开始急促起来。

学生们似乎预感到了什么,一个个都不做声了,紧张兮兮地望着我,那个"肇事者"也差不多要把脑袋藏到抽屉里去了。

我走了出去，走廊上空无一人，我倚栏而立。远望，天空碧蓝，白云悠悠；近处，树木苍翠，鸟鸣啾啾；楼下，花坛里，百花争妍……

慢慢地，我的呼吸平缓了下来。

我走回讲台，同学们依然紧张地望着我。

我平静地说道："同学们，刚才老师明明不知道，却硬要装作知道，结果闹了笑话。这使我想起了一句古话：知之为知之，不知为不知，是知也。不知为知之，就要闹笑话，出洋相，你们说对不对？"

同学们依然不敢出声，只是脸色开始缓和。那个快藏进抽屉去的脑袋也抬了起来。

我接着说："同学们，老师为什么不知道呢？就是因为书读得太少，而且读得很不认真。所以，从今以后，我要多读书，读好多好多的书，还要认认真真地读，你们说好不好？"

没有人做声，仍旧都紧紧地盯着我。

我继续说了下去："老师要多读书，那么你们呢？是不是也要多读书，并且要认认真真地读书。"

"要。"有人开口了。

"老师，我没有书。怎么办？"

"我提议，我们每个人把自己的书借出来，在班上成立一个图书角，再推选两个同学负责。大家有空就来读书，好不好？"我趁势发挥。

"好。"教室里沸腾了。

从那以后，我班不仅办起了图书角，而且越办越红火。

心灵 寄语

老师的一举一动都给学生带来很大影响，这位老师勇于承认错误，为人师表，给同学们上了最生动的一课。

掌　声

颜逸卿

　　那是一个阳光灿烂的日子，我站在三尺讲台前上历史课。我绘声绘色，抑扬顿挫的讲述，使学生们随我踏进了那遥远的古战场。

　　突然，门被推开。一声"报告"，把我和全班惊醒。我望着这个年级里颇有点名气的差生王强，恼怒的目光足足盯了他五秒钟，直到他把头低了下来，才继续我的讲课。一台好戏被一声不协调的声音搅了一下，我的心情也不那么晴朗了。直到大家做练习的时候我才找他算账。

　　"为什么迟到？"我声色俱厉。

　　"我，我回家拿练习本了。"

　　"练习本呢？"他开始上上下下摸口袋。

　　"丢了，对不对？"我冷笑一声。他的手停止了动作。

　　"你家离学校步行只要10分钟，而中午吃饭连休息有一个半小时，迟到又作何解释？"

　　"我，我后来后来又要大便，又上了厕所。"

　　"你上几次厕所要这么久，拉肚子吗？"

全班人忍不住笑了起来。他的汗渗了出来，手却抓起了头皮。我知道他又要开始编谎了。

我上上下下打量着他：蓬头垢面，满身尘土，一只脏手臂上隐约有些红肿。

"说！和谁打架了？"我继续问。他的头抬了抬又低垂下来，不作声。

"为什么总喜欢打架？为什么改不了？"我喉咙响了起来，他仍不吱声。

"你只有老实讲清楚，在我这儿说谎和抵赖是没有用的！"我看他有点儿像哭的样子，口气稍稍缓和一些。

他的眼睛眨了好一会儿，终于说出了打架的经过。事情很简单，他走在路上，有个骑车人摔倒了，车子碰在他身上，他就挥出拳头。

下了课，我把他请到了办公室。苦口婆心晓之以理，再令他写检查。这一套程序之后，我疲惫地斜在椅子上，苦恼地想起了某位教育家的名言：教育不是万能的！唉，这个王强能变好么？

放学后，当我走出校门的时候，迎面被一位老婆婆拦住了。老人指着一本练习本上的名字，讲起了我怎么也没料到的故事。

中午，她和老伴一前一后走在路上，她老伴被一辆斜穿而过的自行车撞倒在地，那人见路上人少，就准备逃跑，被后面一个学生看到了，赶紧追了上去，然后又打电话叫来了救护车，帮着把受伤的老人送到了医院。她问那学生是哪个学校的叫什么名字，学生不肯说，是地上的一本练习本让她找到这儿的，我的心开始不平静了。

次日一早，我在校门口等到王强。"做了好事，为什么要隐瞒，还要扯谎呢？"

他愣了好一会儿，才喃喃地说："我就是讲了，你和同学也不会相信我的。我在大家眼里一直是个坏学生，我讲做了坏事你才会相信呢！"

听了他的这番话，我足足愣了五六分钟，各种滋味涌上心头。随后，我牵着他的手，进了教室。面对50双眼睛，我第一次表扬了王强。

雷鸣般的掌声从50双手中飞了出来。王强的脸涨得通红，而我的双眼早已湿润。

20年后，我在一次聚会上见到功成名就的王强时。他动情而深沉地说："当我以后获得无数掌声的时候，我的耳边总会想起那属于我的第一次掌声。"

心灵寄语

当一名好老师，就是处处为学生着想，站在学生的角度和立场上去为师，那样的老师会让学生受益一生。

永远的感激

周仕兴

12岁那年，带着母亲的嘱咐和对未来的憧憬，我只身从一个山村来到繁华的都市求学。由于年少轻狂，寄居他乡，自己那娇生惯养的犟脾气还没来得及收敛，我就被学校开了"刀"——给予记过处分，并全校点名批评。

那是在一次课间活动中，邻桌的一女生笑我的头型土里土气，就像她家的锅盖，我顿觉自己的尊严受到了莫大的侮辱，盛怒之下，一巴掌重重地打在了她的脸上。

从此以后，同学们都讥讽我是个心理不正常的人。女同学鄙夷我唾弃我，男同学厌恶我逃避我。被人隔离的苦痛和心酸犹如一块烧红的铁块深深地烙在我幼稚而敏感的心上，使我感到了从未有过的委屈和耻辱。我渐渐丧失了求学的信心和勇气，甚至想到了辍学。

这时，班主任耐心地安慰我说："努力学习吧，争取用优异的成绩来证明你自己！"证明自己？好面子的我犹如一只在茫茫海洋中挣扎的旱鸭子抓到了一束水草——我暗下决心要一鸣惊人，绝不让人瞧不起！可是，就凭我那在及格边缘徘徊不定的成绩，甭说"一鸣"，就算是"三鸣""四鸣"，恐怕也难以"惊

人"呀！绞尽脑汁后，我想到投机取巧：偷改试卷！

按照周密计划，我顺利地偷改了第一科考试卷。当第二科考试结束后，我又跟踪监考老师来到了试卷存放处。并于当天傍晚，趁老师们吃饭进修，偷偷地从窗口爬了进去。可是，这次并不那么顺利。我在屋里翻箱倒柜都找不到试卷，加上做贼心虚，我一时乱了手脚，不小心碰倒了桌上的暖水瓶，"砰"的一声爆炸把我吓得浑身发抖。当我正准备逃离现场时，屋外传来了急促的脚步声。这脚步声无异于平地响起了一阵惊雷，我分明感到整个世界都在开始坍塌。我无处逃遁又无法面对即将发生的一切，惊慌失措的我只好急忙钻到桌子底下一个黑暗的角落缩成一团。

紧接着是扭动钥匙开门的声音。这声音像一把刺向我的钢刀，肆无忌惮地剜割着我的神经，我简直快被这突如其来的恐惧给吞噬了。

那个人走了进来，随手拉亮了灯。在这间设备简陋的办公室里，"躲"在桌子底下的我犹如脱光了衣服赤裸裸地站在光天化日之下。我彻底绝望了，哆哆嗦嗦地钻了出来，但仍旧用双手紧紧抱住脑袋，背向着他顽强地固守着自己最后一点可怜的"自尊"。那人愣了愣，沉默不言。他似乎早有预料似的，丝毫没有惊奇的举动，也没有像我预想的那样，首先严厉地质问我几句，然后看清我的真实面目，再然后就是"擒贼"。

不知道僵持了多久，这异常的氛围在死一般的沉寂中逐渐平静了下来。他终于开口了："我已经知道你来这里的目的了。你只需静静地沉思三分钟，自我检查一下你的行为。"约摸两分钟过后，他继续缓和地说："我不知道你是谁，也不想知道你是谁。现在我面向墙壁，你出去吧！记住，今晚的事只有你我知道，今后你还是个好学生！"

转身出门的一刹那，我发现他就是我的班主任！

虽然，那次考试我终于没有"一鸣惊人"，但三年之后的中考，我以全县第一名的成绩考上了区里的一所重点高中。

时过境迁，星移斗转，多年前那个曾企图通过偷改试卷来挽回自尊的小男生，现在已经名正言顺地跨进了大学的校门。而今，回过头来看自己走过的路，我可以问心无愧地告慰我敬爱的班主任："我还是一个好学生，真的！"

心灵 寄语

　　老师的宽容，就像天上的细雨滋润着大地。知道什么是真心的自尊，才能懂得奋进的自强。宽容和鼓励激励"我"健康成长。

摘下我的翅膀，送给你飞翔

"摘下我的翅膀，送给你飞翔。"孩子们的生命是老师您用自己的鲜血和生命换回来的，是世间最美的一刻，也是永恒的一刻。

感恩老师

不该让孩子错过的

张丽多

　　那是一个暴雨过后的夏日，我独自走在校园有积水的甬路上。突然，教学楼上传来一阵不同寻常的喧哗。举目望去，看见初三年级（3）班的窗口探出了许多小脑袋。我想，现在正是上课的时间，这个班一定是在上自习，老师不在，这些孩子要闹翻天啦！但是，我很快就否定了自己的这一想法——因为，我居然在那些小脑袋中间发现了这个班班主任微秃的脑袋！看得出，这一群快活的学生正在饶有兴味地观察着什么，只见碧蓝的天空正捧了一条美丽的七色彩练——虹！是虹！下课后，我见到了这个班的班主任。我故意逗他说："你们班的学生太能闹了……"他激动得脸都红了，说："是我要他们去看彩虹的，这么少见的转瞬即逝的好事物，我觉得不该让孩子们错过的呀。"

　　这使我想到了另一个教授和他的学生：

　　教授是教建筑设计的。一天，他告诉学生们说要带他们去户外上一堂课。学生纷纷揣测教授究竟要带他们到哪一处设计卓著的建筑面前去顶礼膜拜。可出人意料的是，教授竟然带领弟子们来到了一幢正待引爆的大厦面前。他语气沉重地告诉大家："这座大厦因为在设计上出了一点儿小小的问题，而且无法补救，所以不得不在竣工之前把它炸毁。我还想要你们知道：如果没有那一点儿小小的设计问题。它在竣工后很可能成为本市的标志性建筑。"一声巨响震落了建筑设计系学生们滚烫的泪水。教授知道，从今以后，他们每个人的耳畔都将回荡这一声巨响的袅袅余音。

对一个心中盛满了爱与责任的教育工作者而言，他一定有过与学生共度某个铭心瞬间的美好渴望。他以为有一种错过简直就是过错。他不希望错过华彩的闪现，也不希望错过遗憾的叹息，他想和许多双眼睛共同追慕一段童话，他想和许多颗心灵一道叩问：我们究竟应该设计出一个怎样的世界……

心灵 寄语

百年大计，教育为本。有了第一流的教师，才会有第一流的教育，才会出第一流的人才。

敬礼，老师

董保纲

　　有一次，我查扣了十几名违章者，但没有一个人愿意交纳罚款，都说出一大堆的理由，有几个人甚至还拿来了某某领导、某某熟人写的条子，请求照顾放行。正在这时，又有一个人骑着自行车违章带人，我立即示意那人停车。等我走近了才看清楚，他是我的高中老师——张老师。张老师当过二十几年的民办教师，前两年才转了正，工资一直不高，更不幸的是，他的妻子常年卧病在床。

　　我猜想，张老师违章肯定是有原因的，一问才知道，果然是师母病情忽然加重了，张老师是用自行车带师母去医院的。他已经认出了我，但还是从口袋里掏出钱来，我赶紧说，老师您先走吧，罚款我替你交。张老师脸色顿时严肃起来说，那怎么行呢？我深知老师的脾气，只好接过钱，给老师填写了一张罚款单。老师的脸上这才露出欣慰的笑容。我要用摩托车送师母，张老师执意不肯。他对我摆摆手，推着师母走了。

　　当周围的人们听说刚才那位老人是我的老师时，竟然都不再说话了。陆陆续续地交了罚款，其中包括那几位拿条子的人。我蓦地懂得：这就是老师啊，他们时时处处做到了为人师表，不仅仅是在学生面前，在每一个人面前，他们都是一位当之无愧的老师。

去年的教师节，我们几位交警去看望一些老教师，当我们走进一位70多岁高龄的老师家中时，老人感动得热泪盈眶，对我们连声道谢。我们说，老师，我们应该感谢您呀。老人却说，你们也不容易，一年365天，天天在马路上指挥交通，风雨无阻，太辛苦了。

当我们与老人告别的时候，齐刷刷地给老人打了一个敬礼。老人说，我不会敬礼，就给你们鞠个躬吧。说着老人居然真的给我们深鞠了一躬。顿时，我们几个人的眼睛湿润了。这就是老师啊，可尊又可敬的老师！

心灵 寄语

为人师表，不只是一句挂在口头上的话，要如文中的老师一样，不仅在学生面前，在每一个人面前，他们都是一位当之无愧的老师。

他，最后一个撤离

佚 名

　　叶如明，五年级年级组长，五（5）班班主任及语文老师。5月12日，午休刚刚结束，一切与往常没有什么区别，叶老师和学生们亲切地交谈着。突然，楼上传来课桌椅撞击楼板的声音，还没等大家回过神来，地面便开始了剧烈的抖动。地震了，叶老师猛然醒悟。"同学们不要慌张，用手护头，迅速跑到操场上去！"尖叫声响起来，惊恐写在孩子们的脸上。"快点！快点！"当最后一个孩子奔出教室，叶老师才一步跨了出来。此时，走廊上挤满了学生，楼梯间更是拥挤不堪，而教学楼震动得更加厉害了。"徐老师，你带队！熊老师，你维持秩序！我断后！"叶老师大声吼道。秩序井然了，一个班一个班的学生快速地撤到了远离楼房的操场上，教学楼剧烈地摇晃起来，楼板上的粉尘纷纷往下掉，人都快站不稳了，楼板传来了吱嘎吱嘎的恐怖声，仿佛马上就要散架了似的。

　　有的同学吓得哭了起来。"不怕，孩子，我还在这儿。"其实，叶老师此时内心也充满了恐惧，但他知道，让每一个学生都安全撤离的使命不容自己惊慌。楼体伸缩缝里的砖块不断往下掉，整个楼道上尘土飞扬，教学楼摇摇欲坠。叶老师转身向另一端楼道的师生用力地挥着手，示意他们快点。最后一个班的学生进入了楼道，叶老师在后面不断地催促，终于到了操场，终于平安了。要知道，整幢教学楼上有一千五百多名师生啊！望着摇晃的教学楼，师生们惊魂未定。"不知道我们班的学生全部下来没有？"一位老师叫道。"我去看看。"说完，叶老师又冲上了教学楼，楼房还在摇晃，玻璃窗嚓嚓作响。冲进该班教室，快速检查，没有。再冲下来。"各班集中在一起，清点本班人数。"一个不少，叶老师终于松了一口气。这时，大家才发现，叶老师和大家一样，双腿在不断地抖动。事后，同事们问他："叶老师，你当时怕不怕？"他说："说实话，我认为我今天死定了，只是不知道能疏散出多少学生。"

心灵寄语

　　危难之中，才更能体现一个人的人品，老师用爱心和责任心救助了学生们，让我们向地震中的老师敬礼！

他，有一个孩子般的笑容

佚 名

　　韦顺祥，25岁，体育老师，学前班副班主任，一个刚刚走上工作岗位的活力青年。地震前夕，学前班的孩子像往常一样在教室里、走廊上无忧无虑地玩耍。突然，桌椅摇晃。"地震了，孩子们，快点跑到操场上去！"韦老师急切地大喊。可孩子们仿佛没有听见似的，仍若无其事地玩着，根本没有危险迫近的害怕。"跑出教室，到操场上去！"再一次大喊。突然，韦老师明白了，四五岁的孩子哪知道什么是地震呀！情况万分紧急，不容再有耽搁，韦老师猛地抱起两个孩子吼道："危险来了，快跟我跑！"孩子们才明白过来，一窝蜂地跟在后面。来到操场，放下孩子，飞速返回，又抱起跑得最慢的孩子，全然不顾大地的震动、楼道的摇晃。如此地反复，也不知哪来的那么多的劲，全班孩子一个不少地被救出来了。几分钟过去了，大楼仍在摇摆，韦老师冒着危险又回到教学楼，逐个教室地搜寻，直到确定空无一人才放下心来。此时，操场上的孩子早已吓得哭成一片，可此时，韦老师的脸上却写满了孩子们读不懂的笑容。

心灵寄语

　　老师是孩子们遮雨的伞，老师是孩子们挡风的墙，老师是孩子们迷茫中的指路灯。

老师，您还好吗

佚 名

离开家好久了，也好久没和您联系了，老师您还好吗？

或许您已经忘了我们第一次见面是什么时候。可是对我，还是印象很深。中考，您是我的监考老师，喜欢坐第一排考试的我，还曾被您问过，语文考试感觉如何。

上了高中，我没想到会成为您的学生。或许您也没有想到，名校毕业的我，数学竟烂成那个样子。我们第二次谈话，是面对着我的一张考了37分的数学试卷。那时候的我，对几乎所有的理论一问三不知。真不知道那时候给您留下的是什么印象。对我自己，我可是不想听什么辅导了，只想找个地缝钻进去。

一学期，两学期，三学期……我做题，您给答疑。渐渐地，我的数学成绩也可以达到全班前十名的位置了。我们像师生，更像朋友，不仅仅是数学，还有其他方方面面，有什么事情我都喜欢告诉您，听听您的看法。

再过不久，高考了，我上了一所还算不错的大学……我衷心地谢谢您，我知道，如果没有您，我是不可能有机会上大学的。

上了大学，离您远了，您的消息也渐渐地少了。

前些天，在这里，遇到了我一位小学弟。互通姓名后，听说他是××高中毕业的，我立刻想到了您。便问他："知道×××老师吗？她是我最崇拜的一位老师。"他恍然道："啊，我知道你，就说你的名字怎么那么耳熟呢。我们老师常常提起你，她常常给我们讲你的故事，让我们以你为榜样，向你学习。我们都知道，你是她的得意门生。"

听到这些，我心里又惊又喜又惭愧。惊的是，远在他乡遇故友；喜的是，好些年过去了，老师仍然记得我这个曾不争气的学生；惭愧的是，现在的我怎敢为别人的榜样。

老师，我一定会更加努力，就算不为别的，也要为对得起那"得意门生"四个字。

又一年过去了，又到了这金秋九月，在这个收获的季节，我的恩师，愿您节日快乐。

心灵 寄语

老师的爱，太阳一般温暖，春风一般和煦，清泉一般甘甜。老师的爱，比父爱更严峻，比母爱更细腻，比友爱更纯洁。

救出了学生，却永远失去女儿

佚 名

5月14日7时30分，这是令北川县第一中学教师刘宁永远悲恸的时刻：念初三的女儿终于从水泥断块下被"掏"出来，但已经永远离开了他。这个外表粗犷的坚强汉子，在看见女儿遗体的一刹那，突然情绪失控，放声大哭。悲怆之情，令包括记者在内的周围人潸然泪下。

这个在 5 月12日大地震中失去女儿的教师，却在地震发生时刻，机智勇敢地保护了自己班上59名学生，使他们安全脱险。

刘宁是北川县第一中学初一（6）班班主任。地震发生的时刻，刘宁正带领59名学生在县委礼堂参加"五四"青年庆祝会。"礼堂突然在晃动，而且越晃越厉害。"经验丰富的刘宁马上意识到发生了地震。他招呼同学们不要乱跑。"县委礼堂的椅子离地较高，我叫学生立即就地蹲进结实的铁椅子下面，千万不要乱动！"刘宁说。

正是刘宁老师在关键时刻的冷静，全班59名同学中只有两个受了轻伤。

当时的情形是，礼堂发生部分坍塌，沉重坚硬的横梁和砖头水泥雨点般向下砸，"学生们躲在椅子下面，牢固结实的铁椅子起到了非常关键的保护作用。"

刘宁回忆说。

初一（6）班的一名学生心有余悸地向记者描述当时场面："我蹲在椅子下面，听见屋顶垮塌掉下来的横梁砖头砸在铁椅子上面发出的砰砰声，非常害怕，护在我身上的铁椅子每被砸一下，我的心都要剧烈地抖一下，我好害怕铁椅子被砸穿哦，几分钟之后，屋顶坍塌的重物终于停止向下砸。地震暂时过去了。"

就这样，59名学生奇迹般得救了。但刘宁老师在救援学生时，双手被坚硬的水泥划得鲜血淋漓。

刘宁说："我们跑出县委礼堂时，发现整座县城几乎被夷为平地，往日的高楼现在成了一个巨大的水泥瓦砾垃圾场。到处是呻吟的声音，满目是被砸倒在地的人群。学校肯定也出事了，我们赶紧往学校方向跑。"

跑回学校时，刘宁惊呆了。两座教学楼垮塌，其中一座被地震完全"粉碎"。刘宁说，要知道，这个校区有2600多名学生。后来刘宁才得知，被压在废墟下面的学生有1000名左右。

刘宁的宝贝女儿刘怡，在北川县第一中学念书，她当时也被压在废墟下面。

幸存下来的教职员工投入紧张的救援工作之中。刘宁在抢救其他学生的同时，每次经过女儿被困的废墟时，感觉一阵阵巨大心痛袭来。女儿被压在巨大的水泥板下面，由于缺乏大型吊车机械，暂时还无法救援。

女儿刘怡所在的初三（1）班，在二楼，地震发生后，她被压在课桌下面。"据同样困在里面的同学喊话，女儿还活着，只是脚受了伤。"刘宁说，但形势很快发生变化。由于这两天余震不断，女儿被困的空间已经被新塌下来的东西挤占，可爱的女儿永远回不来了。

感恩老师

心灵寄语

　　多么催人泪下的场景，多么伟大的人民教师，有谁比您更爱您的女儿呢？可您知道有更重的担子和责任，您是所有师生们永远的骄傲，也是人民教师们永远的榜样！

摘下我的翅膀，送给你飞翔

佚 名

这一幕必将长久印在人们心中：汶川地震发生不久，救援者挖开垮塌的映秀镇小学教学楼，看到一名已经气绝的男子跪扑在废墟上，双臂紧紧搂着两个孩子，宛如一只展翅欲飞的雄鹰。孩子活了下来，而雄鹰的"双翼"已然僵硬，救援人员只得含泪将其锯掉，才把孩子救出。

通过电波，这个故事迅速传遍了全世界，成千上万人为之落泪。

他是个什么样的人？在生死关头选择了这永恒的姿态？

我们只知道这么多："雄鹰"名叫张米亚，29岁，是映秀镇小学二年级的教师；他的妻子邓霞和唯一的3岁儿子也在地震中遇难，其他亲人都不在本地。

谁认识张米亚？问了不少人，都茫然地摇头。

张米亚是一个毫不出名的普通人——这是我们的第一印象。

一个正在挑水的中年人说："张老师是个性情很温和的人。"

中年人告诉我们，小学还有几个幸存的老师和学生留在镇上。我们在一顶简陋的帐篷里找到了8岁的杨茜睿，她恰好是张米亚班上的学生。这个从废墟里挖出来的小姑娘健康无损，正是张老师的保护让她依旧天真活泼地站在我们面前。

　　"我们怕极了！都想往教室外面跑。"讲起地震时的情形，小茜睿仍惊魂未定，"可是张老师大声喊'不要慌，都趴在课桌下面'，我们就钻到了课桌下。前排有人趴得不够低，张老师还去按他们的头。几个同学想往外跑，张老师就一手抱住一个，拼命压在讲台下面。这时候，房子就垮了……"

　　张米亚的同事贾正秋证实，张米亚的班在二楼，30名学生全部被埋，后来几乎有一半获救，是全校所有班级中获救比例最高的。

　　"紧急情况发生时，教师的处置方式是孩子们生存的关键。很多获救学生家长，在转移之前，讲起张老师，还感激得掉泪。"贾正秋说。

　　"张米亚应变能力很强，平时我们一起打篮球、打电脑游戏，他总是反应很机敏。"张米亚的好友、映秀小学体育教师刘中能说，"但这也许是他最机敏的一次了，我完全能想象他尽全力保护孩子的情景。"

　　一个平常就生活在你我身边、似乎并无特别之处的普通人，在危急时刻挺身而出，绽放出人性中最为壮美的光彩。

心灵 寄语

　　"摘下我的翅膀，送给你飞翔。"孩子们的生命是老师用自己的鲜血和生命换回来的，世间最美的一刻也是永恒的一刻。

谢谢老师

苏叔阳

人生有许多事要学，人生有许多事要做。一生中教你学做事的人便是老师。

人生有许多难做的事，而最难做的事是做人。在这世上首先教你做人的人，便是老师。人生有许多许多的东西令你珍重，而当你双鬓堆雪，归于宁静，你才会知道，这珍重之中的珍重，乃是真诚。在这世上，唯有老师，唯有老师啊，教你真诚。

老师的职业，容不得虚假；老师的职业，排斥奸佞。诲人之心长在，哗众之意皆无。一切伪善、恶丑、买空卖空、损人肥己的言行，都与老师的道德相悖，为老师的称号所不容。

也许，你的一生，超越过许多坎坷，踏上过无数道台阶，终于步入辉煌，攀上了顶峰。请你面对清风明月，扪心自省，你可记得，每一道沟坎，每一步阶梯，有几位老师搀扶你前行，用肩膀托你到高处领受人世的风景。

在每一个成功者的道路上，谁也数不清有多少老师的身躯，做了铺路的石子，让你踏着他们去开辟前程。小心地抬起你的脚吧，不要碾碎了他们的心灵。

或许，你感叹一生的平庸，叹息命运的不公平：为什么荣耀的花环总套在

别人的头上，只将寂寞、清冷、悲苦甚至不幸赏给自己。也请你静夜长思吧，有多少老师为你付出了同样的辛劳，甚至给你远超过给别人的呵护，为你些微的成功而高兴得热泪涔涔，就算你失败、跌倒，周围都是嘲讽的目光，也总有一双眼睛，充满怜爱地凝望着你。那就是老师的眼睛。不管你灿烂还是黯淡，你都是老师心中的星辰。请你振作吧，别伤了老师的心！

把老师比作母亲，把老师比作人梯，比作燃烧自己照亮别人的红烛，比作努力吐出最后一口丝线的春蚕，都不过分。这世上倘没了老师，人类将永陷混沌。老师是擎天的柱，是润泽大地的春雨，是让人类绵延不绝的大军，假如世上有一种专门吃苦而造福别人的职业，那便是老师，没有任何人比他们更神圣。

不管是华发满头，还是青春年少，让我们手牵起手，躬下身，向所有的老师虔敬地祝福，含泪说一声："谢谢啦，谢谢你们，老师！"

心灵寄语

感恩老师如同感恩父母，我们不会忘本，就像幼苗长成大树，无论何时都不会忘记曾经是大地哺育。

四十五个信封

关成彦

　　早晨，第一节课的预备铃响起，班主任张老师刚要离开办公室，就听到一阵急促的敲门声。初三（1）班学生林兰神情紧张地向张老师报告："老师，我丢了一百元钱，那是我爸爸打工挣来的，是给我交学费的！"陪同林兰来的刘爽也急急地说："林兰只在宿舍和教室逗留过，钱肯定是被本班同学偷去了！"这边，林兰已急得哭起来了。

　　张老师一边安慰林兰不要急，一边和她们一起到了教室。张老师微笑着对全班同学说："同学们，林兰同学丢了一百元钱，她妈妈卧病在床，那一百元钱是她爸爸辛辛苦苦打工挣来的血汗钱，我知道，捡到钱的同学一定也想把钱交还失主的，谁捡到钱了，请举手告诉我好吗？"教室内顿时像炸开了锅，这个说，林兰家多困难呀，谁捡了都应该还给她的；那个说，要是被小偷偷了，可就回不来了！一提小偷，大家你瞅瞅我，我瞅瞅你，气氛顿时紧张起来。张老师环视了教室，笑着说："下课把钱交给我也行。"然后就开始上课了。

　　可是一直到了第三节课，还是不见有人来还钱。林兰见没有什么希望了，又急得要哭。同桌的刘爽气不过，站起来向全班同学喊："为什么到现在还没有

人来还钱？这就是偷，不是捡，捡的钱早该还了！偷钱的人真缺德，被我发现的话，我非打扁他不可！"教室里一阵骚动，可就是没人交钱。

中午，刘爽去找张老师，提议说："张老师，不如来一次全班大搜查！"张老师先是一愣，随后蹙起眉头，说："这样吧，你们先回去，这件事还是由老师来处理！"

下午一上课，张老师像往常一样站到了讲台上，只是手里多拎了一个黑兜子。她静静地扫视了一下全班同学，然后从兜子里掏出一捆信封，说："捡到林兰一百元钱的这位同学一定急着要把钱送还给林兰，可他怕别人误认为是他偷的。怎么办呢？现在我给大家每人发一个信封，明天早上大家都把信封交给我，不用署名，大家听明白了吗？我和大家一样，也领一个信封，我们一起来做这件事情！"说着，张老师就给全班同学每人发了一个牛皮纸信封。

第二天早上，老师到教室的时候，四十五个信封已经整整齐齐地躺在讲台上了。出乎意料的是，里面竟然有好几个信封都装了钱！有两个信封是一百元的，还有五十元的，三十元的，共五百元钱。

张老师笑了，提议道："我们把一百元给林兰，其余的四百元钱作为以后困难同学的学费补助，大家同意吗？"大家齐声赞同，这件事情就算处理完毕，林兰也破涕而笑了。

时间过得飞快，初三第二学期期末，在毕业生即将离校的前夕，张老师收到了一封信。看了这封信，张老师沉思良久，然后决定召开最后一次班会。

在班会上，张教师的语调有些激动："同学们，今天的班会只有一个内容，就是给大家念一封特别的信。"

说完，张教师就展开了那封信念了起来："尊敬的张老师，我就是去年捡到林兰一百元钱的学生。那天，我在教室前捡到一百元钱，还没来得及交给你，就上课了，我只好把钱先放在自己的兜子里。可是同学间马上传出话来，说林兰的钱是被人偷了！于是我没有勇气把钱拿出来了。后来您给我们每人发一个信封，我就把那一百元钱装进去了。虽然我把钱还了，但在以后的日子里，我的心情还是不能平静。老师，请您相信我，您放心吧，我是一个好孩子！"

张老师念完了这封信，教室里一片肃静，无数双晶亮的眼睛望着张老师。片刻之后有人站了起来，紧接着，呼啦啦全体起立。不知是谁喊了一句："老师，您放心吧，我们都是好孩子！"然后就不约而同地变成了全班同学的共同语言："老师，您放心吧，我们都是好孩子！"

张老师面对自己这群真挚可爱的学生，微微笑了……

心灵寄语

看一个学生的品德，可以看出老师的师德。"桃李"满天下，因为他们有淳厚的根。

恩师的瘸腿

刘 卫

20世纪70年代，一场学工热潮席卷了全国的中小学校。为了顺应当时的政治形势，由教物理的黄老师牵头，学校土法马上搞了一个浇模车间。项目完成了，黄老师却神情寡欢，忧心忡忡，私下里和别的老师提起，学生不学习，从事这样徒有虚名、危险性又大的学工项目有什么意义。上级的意志不能违背。无奈之下，出于对学生的关爱和担心，每次学生烧铁水倒模具时，黄老师跑前跑后，不离左右，名曰指导学工，实则在随时保护学生的安全。

那天，不谙世事的我被安排和班上的一名同学抬铁水，将滚烫的铁水浇在事先埋在煤渣里的模具中。接到这个既光荣又艰巨的任务时，我们兴奋不已。在一趟又一趟浇模中，我们唱起了高亢的革命歌曲。黄老师像体操教练一样，站在一边不停地嘱咐我们，小心点，一步一步地要走踏实。看准模口，要轻轻地稳稳地倒进去。我听了，觉得黄老师太啰唆了，谁不知道这铁水会"咬人"呀！临近中午，我们干得比上一班多，一共浇注了三十九个。我兴奋地对同伴建议道，干脆再多浇一个，凑个整数，他也迷迷糊糊地答应了。

最后那桶铁水，我们装得比较满。经过一上午劳动，汗水模糊了精神疲惫的同伴的眼镜片，走着走着，他突然一脚踏空，身体倾倒后，顿时，被掀翻的铁水像一条火龙向我奔腾而来。我吓成一团，不知所措。站在一旁的黄老师见状，大叫一声："同学们，快闪开。"说完，他迅疾用手中的铁锹铲了煤灰，止住了向我流来的铁水。被阻隔的铁水刹那间改变了方向，向黄老师的脚下溢去。他痛苦地叫了一声"哎呀"，接着像一团棉花软软地倒了下去……

铁水烧坏了黄老师的脚板。动了手术后，黄老师在医院的病床上躺了整整一个月。我流着泪随父亲看望了他，送去了鸡蛋等营养品。黄老师出院后，校领导清醒了过来，顶住了上面的压力，撤掉了浇模车间。从那时起，校园里总能看到黄老师拖着残疾的腿缓缓而行。

每年春节看望黄老师时，我始终觉得欠恩师一笔心债。三十多年来，那条瘸腿给他的生活带来了多少痛苦和不便啊！每次提及那千钧一发的一瞬，黄老师淡然一笑，对我说，没有什么，只要是老师，都愿意为自己的学生奉献出一切。

在我当老师时，总是想把恩师对学生那份厚重的爱延承下去，播撒给我的学生。在后来的生活历程中，那段往年的师生情时常在脑海里萦绕，我懂得了要尽力地为周围的弱小者撑起一片绿荫，时刻提醒自己不要忘记为师、为父、为夫等身上所担负的那份责任。

心灵 寄语

责任重于泰山，老师的威信首先是建立在责任之上。恩师播撒了大地种子，让我们传承下去。

最好的老师

胡海棠

当汤普森夫人站在五年级学生面前时，她撒了一个谎。像绝大多数老师一样，她在第一次面对学生时，总是告诉孩子们，将对他们一视同仁。

但事实上，这是不可能的。比如，汤普森夫人就很不喜欢坐在第一排的那个名叫特德的小男孩儿。汤普森夫人注意到这个孩子很乖张，与其他孩子合不来；他总是穿着一身脏兮兮的衣服，似乎从未洗过澡；他的学习也很不好……每当汤普森夫人的目光落到特德身上，她就会不由自主地皱眉头。

一天，校方要求汤普森夫人必须阅读班上每个孩子的档案。她把特德的那份抽了出来，放在了最后。然而，当她读到这个孩子的评语时，她感到前所未有的震惊。

一年级的老师这样写道："特德是个聪明的孩子，作业整洁而优美，很有礼貌……总给大家带来欢乐。"

二年级的老师写道："特德很优秀，同学们都很喜欢他。但这孩子很不幸，他妈妈的病已到了晚期。家庭生活对他而言，将是一场考验。"

三年级的老师写道："妈妈的死给他很大打击。虽然他试着尽最大努力，但他的父亲对这些毫不在意。如果不采取措施，那会毁了他的。"

四年级的老师写道："特德对学习不感兴趣，他孤僻内向，没有朋友，有时还在课堂上睡大觉。"直到这时，汤普森夫人才意识到问题所在，她为自己感到羞愧。圣诞节来临，孩子们都送来了精致、漂亮的礼品，煞是惹人喜爱。特德也送来一份，不过是用一个包装食品的旧褐色包装纸包裹着的。汤普森夫人却感觉心中沉甸甸的。

当汤普森夫人把特德的礼品打开时，她感到一阵心痛。里面是一只缺损了的人造水晶手镯和一只装着小半瓶香水的玻璃瓶。在孩子们的嘲笑声中，汤普森夫人当即把手镯戴上，惊叹道："多美的手镯呀！"随后，她又把特德送的香水洒在手腕处——汤普森夫人的举动止住了孩子们的笑声，全场鸦雀无声。

那天放学以后，特德一反常态待了很久，仅仅为了和汤普森夫人讲一句话，他说："老师，今天你的样子，和我妈妈一样，她常常像你那样，闻我送给她的香水。"

孩子走了以后，汤普森夫人哭了至少一个小时。从这天开始汤普森夫人给了特德特别的关注。她越鼓励他，他的反应就越敏锐。学年结束的时候，特德已经成为班上最聪明的孩子之一。一年后，她在自家的门缝里发现了一封信，是特德写的。信中，特德告诉她，她是他一生中遇到的最好的老师。六年过去了，汤普森夫人收到特德的第二封信。他写道，他已经高中毕业，在班上名列第二。转眼又是四年，汤普森夫人再次收到特德的信。特德说日子很艰难，但他顽强地抗争着，很快他就要以最优秀的毕业生身份离开学校。又过了几年，一封信又不期而至。不同的是，这一次特德的署名稍稍长了一点儿，前面冠以医学博士的字样。虽然特德每次来信的内容不尽相同，但每次他在信中都会说同样的一句话：你是我一生中遇到的最好的老师。故事还没结束。就在那年夏天，汤普森夫人又接到一封来信。特德说他遇上了一个好姑娘，并且快

要结婚了。他想知道汤普森夫人愿不愿意在他结婚那天出席。到了那一天，汤普森夫人特意戴上那只缺了几颗石头的人造水晶手镯，喷上那只玻璃瓶里的香水。他们拥抱在一起，特德在汤普森夫人耳边轻轻说道："谢谢，多谢你的信任，汤普森夫人。是你让我意识到自己很重要，相信自己可以非同一般。"

汤普森夫人含着泪花，大声说："你错了，特德。你才是那个使我意识到自己很重要的人。在遇见你之前，我根本不知道怎样教我的学生。"此刻，暖流淌过每个人的心田。

心灵寄语

人像树木一样，尽可能的去长高，但不可能长的一样高，老师在教学育人中一样要一视同仁，没有教不了的学生，只有不会教的老师。

老钱的灯

孔庆东

当着导师的面，自然是叫钱老师。但背后，还是觉得叫"老钱"过瘾。

老钱在世上混了五十个年头了，还没有混到一块法定的私人居住空间。"惨相，已使我目不忍视。"可他还是一天到晚弥勒佛似的教导我们如何做学问。我有时便不免暗发一点鲁智深式的腹诽：今日也要做学问，明日也要做学问，冷了弟兄们的心。

当我们十来个弟兄"保甲连坐"般拥挤在他那间斗大的宿舍里时，一片黑糊糊的身影在墙上漫涌着。常常是这边正谈着天底下最高雅清玄的问题，那边突然杯翻壶仰，刹那间造就了几位诗（湿）人。于是老钱笑得更加开心，青黄的灯光在他秃得未免过早的头顶上波动着。我常常首先倡议解散，因为我知道人走茶凉之后，那支灯说不定要亮到寅时卯刻。

我常常从那灯下经过。二十一楼的西半边，冲南，二层中间的那个窗口。我披星戴月从三教回来，耳朵里落进一串老钱粗犷的笑——大概又在接见什么文学青年吧。我深更半夜出门，来回总要绕到那窗下。看一眼那灯，似乎心里就多了一份舒坦。每当我冲着书缝打呵欠时，不禁想到：老钱大概还在看书吧？我再忍

会儿。

有一次送女朋友，我说："从那边儿绕一下，看看老钱的灯。"她勃然小怒："又是老钱，老钱！老钱的灯有什么好看的？简直是变态！"我勃然大怒，顺手给了她一巴掌，酿成了一场大祸。

所以我有时觉得，老钱的灯恐怕不是什么好东西。老钱的满头黑发，不就是被它弄没的么？只要它亮着，老钱就像着了魔似的翻呀，写呀。写鲁迅，写周作人。"白发无情侵老境，青灯有味似儿时"，也许他很欣赏陆游的这联名句吧？

一件事念叨三遍以上，就再也说不清了——我的经验。

所以还是盲目崇拜一点什么为好，一种主义，一个人，一盏灯……

当我面对书本"读欲"不振时，当我独望窗外无所事事时，当我觉得白天之重和黑夜之轻都压得自己难以承受时，我就想：去看看老钱的灯吧，顺便吃个煎饼果子。

站在那窗下，仿佛能听见那灯嗡嗡地喘息着，好像一盘时间的磁带在转动。有时真想喊一声："嘿，老钱，悠着点儿！"

灯嗡嗡地喘息着。

老钱是个普通人。

但他的灯，亮在我心上。

老师是一盏最明亮的灯，在跌跌碰碰的人生道路上指引我们前进的方向，是我们永远的引路人！

我的老师

教育的任务是让人看到人心灵的真善美，珍惜爱护这种美，并用自己的行动使这种美达到应有的高度。

我的老师

冰 心

我永远忘不掉的，是T女士，我的老师。

我从小住在偏僻的乡村里，没有机会进小学，所以只在家塾里读书，国文读得很多，历史地理也还将就得过，吟诗作文都学会了，且还能写一两千字的文章。只是算术很落后，翻来覆去，只做到加减乘除，因为塾师自己的算学程度，也只到此为止。

十二岁到了北平，我居然考上了一个中学，因为考试的时候，校长只出一个"学而后知不足"的论说题目。这题目是我在家里做过的，当时下笔千言，一挥而就。校长先生大为惊奇赞赏，一下子便让我和中学一年级学生同班上课。上课两星期以后，别的功课我都能应付自如，作文还升了一班，只是算术把我难坏了。中学的算术是从代数做起的，我的算学底子太坏，脚跟站不牢，昏头眩脑，踏着云雾似的上课，T女士便在这云雾之中，飘进了我的生命中来。她是我们的代数和历史教员，那时也不过二十多岁罢。"螓首蛾眉，齿如编贝"这八个字，就恰恰的可以形容她。她是北方人，皮肤很白嫩，身体很窈窕，又很容易红脸，难为情或是生气，就立刻连耳带颈都红了起来。我最怕的是她红脸的时候。

同学中敬爱她的，当然不止我一人，因为她是我们的女教师中间最美丽、最和平、最善诱导的一位。她的态度，严肃而又和蔼，讲述时简单又清晰。她善用譬喻，我们每每因着譬喻的有趣，而连带地牢记了原理。

第一个月考，我的历史得了九十九分，而代数却只得了五十二分，不及格！当我下课自己躲在屋角流泪的时候，觉得有只温暖的手，抚着我的肩膀，抬头却见T女士挟着课本，站在我的身旁。我赶紧擦了眼泪，站了起来。她温和地问我道："你为什么哭？难道是我的分打错了？"我说："不是的，我是气我自己的数学底子太差。你出的十道题目，我只明白一半。"她就款款温柔地坐下，仔细问我的过去。知道了我的家塾教育以后，她就恳切地对我说："这不能怪你。你中间跳过了一大段！我看你还聪明，补习一定不难；以后你每天晚一点回家，我替你补习算术罢。"

这当然是她对我格外的爱护，因为算术不合格，很有留级的可能；而且她很忙，每天抽出一个钟头给我，是额外的恩惠。我当时连忙答允，又再三地道谢。回家去同母亲一说，母亲尤其感激，又仔细地询问T女士的一切，她觉得T女士是一位很好的老师。

从此我每天下课后，就到她的办公室，补习一个钟头的算术，把高小三年的课本，在半年以内赶完了。T女士逢人便称道我的神速聪明。但她不知道我每天回家后，用功直到半夜，因着习题的烦难，我曾流过许多焦急的眼泪，在眼泪模糊之中，灯影下往往涌现着T女士美丽慈和的脸，我就仿佛得了灵感似的。擦去眼泪，又赶紧往下做。那时我住在母亲的套间里，冬天的夜里，烧热了砖炕，点起一盏煤油灯，盘着两腿坐在炕桌边上，读书习算。到了夜深，母亲往往叫人送冰糖葫芦或是赛梨的萝卜，来给我消夜。直到现在，每逢看见孩子做算术，我就会看见T女士的笑脸，脚下觉得热烘烘的，嘴里也充满了萝卜的清甜气味！

算术补习完毕，一切难题，迎刃而解，代数同几何，我全是不费工夫地做着；我成了同学们崇拜的中心，有什么难题，他们都来请教我。因着T女士的关系，我对于算学真是心神贯注，竟有几个困难的习题，是在夜中苦想，梦里做出来的。我补完数学以后，母亲觉得对于T女士应有一点表示，她自己跑到福隆公司，买了一件很贵重的衣料，叫我送去。T女士却把礼物退了回来，她对我母亲说："我不是常替学生补习的，我不能要报酬。我因为觉得令爱别样功课都很

好，只有数学差些，退一班未免太委屈她。她这样的赶，没有赶出毛病来，我已经是很高兴的了。"母亲不敢勉强她，只得作罢。有一天我在东安市场，碰见T女士也在那里买东西。看见摊上挂着的挖空的红萝卜里面种着新麦秧，她不住地夸赞那东西的巧雅，颜色的鲜明，可是因为手里东西太多，不能再拿，割爱了。等她走后，我不曾还价，赶紧买了一只萝卜，挑在手里回家。第二天一早又挑着那只红萝卜，按着狂跳的心，到她办公室去叩门。她正预备上课，开门看见我和我的礼物，不觉嫣然地笑了，立刻接了过去，挂在灯上，一面说："谢谢你，你真是细心。"我红着脸出来，三步两跳跑到教室里，嘴角不自觉地唱着歌，那一整天我颇觉得有些飘飘然之感。

因为补习算术，我和她面对坐的时候很多，我做着算题，她也低头改卷子。在我抬头凝思的时候，往往注意到她的如云的头发，雪白的脖子，很长的低垂的睫毛，和穿在她身上匀称大方的灰布衫，青裙子，心里渐渐生了说不出的敬慕和爱恋。在我偷看她的时候，有时她的眼光正和我的相接，出神地露着润白的牙齿向我一笑，我就要红起脸，低下头，心里乱半天，又喜欢，又难过，自己莫名其妙。

我从中学毕业的那一年，T女士也离开了那学校，到别的地方做事去了，但我们仍常有见面的机会。每次看见我，她总有勉励安慰的话，也常有些事要我帮忙，如翻译些短篇文字之类，我总是谨慎从事，宁可将大学里的功课挪后，不肯耽误她的事情。

她做着很好的事业，很大的事业，一直未结婚。六年以前，以牙疾死于上海，追悼哀殓她的，有几万人。我是从波士顿到纽约的火车上，得到了这个消息，车窗外飞掠过去的一大片的枫林秋叶，尽消失了艳红的颜色。我忽然流下泪来，这是母亲死后第一次的流泪。

教育的任务是让人看到人心灵的真善美，珍惜爱护这种美，并用自己的行动使这种美达到应有的高度。

永远的那一课

佚 名

那天的风雪真大，外面北风呼啸，大雪几乎想把整个树枝压弯，风声通过门缝挤进屋里，呼啸着又从门缝冲出去。

大家都怕冷，读书的心思似乎都被冰雪冻住了。一屋子的唏嘘声和跺脚声。我庆幸自己今天到校早些，否则是会被风雪冻结在路上的。

这时，鼻头红红的欧阳老师挤进教室，萧瑟的寒风顺势紧跟着他席卷而入。吹得大家直打冷战，而墙上的画也跟着随风起舞，开玩笑似的卷向空中，又一个跟头栽了下来。

往日温和的老师今天一反常态，满脸的严肃和庄重，犹如外边的空气一样寒冷无情。看着一脸严肃的老师，大家都以为出了什么大事，就连平时最闹的小毛大气都不敢出一口。大家都以惊奇的眼光盯着老师，准备接受他的一顿训斥或者教导。

"请大家穿好衣服，排好队，我们到操场上去。"欧阳老师大声地喊着。

"什么？"大家带着疑问大喊道。

"到操场上去，我们要在那待上几分钟。谁若不想去，那以后就别再上我的

课了。"说完，他转身出去了。

即使老师已经下了死命令，可是仍有几个娇气的女生没有出去。当我们大部分走到操场上时，老师已经在那等我们了。

除了我们班的同学，操场上没有其他人了，只有仍旧在向我们示威的风雪和几乎被压得喘不过气来的几棵雪松。天地变得白茫茫一片，操场上的篮球架被风雪打得"啪啪"作响，风无情地打在我们的脸上，让我们几乎睁不开眼睛张不开嘴。平时厚实的羽绒服今天几乎失去了威力，根本阻挡不住风雪的侵袭。

再看同学们，个个小脸冻得通红，但没人敢出声。一分钟过去了，又一分钟过去了……足足五分钟，瘦削的欧阳老师才吃力地说："解散。"我们手脚僵硬地跑进教室。

大家谁也没再说什么，只是继续上课。事后，欧阳老师说："在教室里，我们都觉得那场风雪太大了，谁也不可能敌过它，事实上，让你们站半个小时，你们也能坚持住。面对困难，许多人戴了放大镜，但和困难一拼高下时，你就会觉得，困难不过如此……"

多年过去了，每当我遇到困难时，我一想起自己曾经坚强地在风雪中站立过那么长时间，我就什么也不怕了，因为我知道，最艰难的我都经历过，这些小事又算得了什么呢！我很庆幸，那天自己没有缩在屋里，在那个风雪交加的时候，在那个空旷的操场上，我上了永远的一课。

教师要做的是引导学生，而不是简简单单的教书，要使他们能够自己学，并且会体验人生，会生活。

举手的尊严

佚 名

我是一个农村的孩子，在农村玩惯了，每天跟小伙伴们在田地里追逐嬉戏，日子过得逍遥自在，我的成绩一直在班里名列第一，这让我在小伙伴们当中很自豪。

三年级时父亲调动工作，我的美好生活也跟着结束了。父亲调到省城，我也跟着进了省城的重点小学。在这里，我非常不适应。

同学们个个都很聪明，穿的衣服非常漂亮，吃的东西我在老家根本没有见过，尤其是他们都讲着悦耳的普通话。我一向引以为豪的陕北话在这里显得那样的土里土气，而我的普通话说得又是那样的蹩脚。这样，我在他们当中根本没有立足之处。

在课堂上同学们都积极踊跃地发言，看起来他们是那样的聪明，以前我的成绩在班里总是第一，现在却落到了最后，同学都暗地里嘲笑我这个乡下来的土孩子。

一次数学课，老师提问，问题挺简单，大家都把手举得高高的，抢着要回答。老师大概没看清，就点了我的名字。我非常紧张，普通话又讲不好，所以支

支吾吾了半天，也没回答上来。

老师说："蒋小添，你不会，举什么手？"说完，同学们哄堂大笑。我羞得简直想找个地缝钻进去。其实那天，我真的没举手，因为同学们都举手了，老师根本没想到我没举手，就把我叫了起来。

隔了几天，又是数学老师的课，他提的问题极为简单，大家都举手回答，我也悄悄地举了手，老师可能想让我表现一下，于是点名让我回答。我没想到他又叫我回答，觉得很突然，站起来后，觉得脑子里一片空白，什么也不会了。我还是没有回答出来正确的答案。这次同学们都笑我太笨了，如此简单的问题都不会。

老师没说什么，继续讲课。课后，他把我叫到办公室。

"蒋小添，你不会为什么还举手，这不是耽误大家时间吗？而且这是不诚实的表现。会就是会，不会就不会，老师不会责怪你。"

"我不是有意的，我看到大家都举手，我如果不举，同学们会嘲笑我的，很丢脸的。我不想让他们瞧不起我，我的普通话说得不好。"我怯生生地说。

老师点点头，然后说："好吧，那这样，下次再有问题时，如果会，你就举右手，不会就举左手。我看到后就知道你能否回答了。"

我抬头看了看老师，他眼里闪着真挚的光，我同意了。我和老师之间有了这个左手和右手的秘密，没有别人知道。

此后，在课堂上，我举右手的机会越来越多，人也越来越自信，成绩也提高了许多。同学们开始对我刮目相看。我的普通话也慢慢变好了，像城里的孩子一样，讲得悦耳动听。

接着，我考上重点中学、重点大学，现在在读研究生。

我现在的成绩都是因为举手而得来的。在举手当中，我获得一个小学生的尊严，获得小伙伴们的尊重，也获得我应有的成绩。就在这左手和右手之间，保留着一名出色的教师和一个学生之间的秘密，恰恰是这个秘密，使一个失落的孩子重新找回了希望。

　　教师是克服人类无知和恶习的大机构中的一个活跃而积极的成员，是过去历史所有高尚而伟大的人物跟新一代人之间的中介人，是那些争取真理和幸福的人的神圣遗训的保存者，……是过去和未来之间的一个活的环节。

——乌申斯基

青春槐花

佚 名

简陋古朴的校舍建在一座小山上，槐树簇拥着小学校。槐树在这里是一种极普通的树。它不像垂柳那样温柔，也不像桃李那样妩媚，当柳李占尽春光之后，槐树才在枝头姗姗地绽出嫩叶。那嫩叶细细的、绿绿的，像是镶嵌在枝上的翡翠。槐花的清香，挟着泥土的气息吹来，荡起满天生机，染香空气，染香苍穹，在山村学校的周遭弥漫。

雨后的山村，显得清新而静谧。那房舍、那远山、那薄雾，构成了一幅美丽的山水画，她一人寂然地走着。她的名字叫槐花。她出生在槐花盛开的季节，肚中没多少墨水的父亲却给她取了这诗一般的名字。作为这山村唯一的师范学校毕业的女教师，她踟蹰在学校的小操场上，心情如满山遍野的槐花一样温馨，伸手握住一缕清香，胸腹中瞬时充满了芳香。鸟儿啁啾，是在抒发它们对生活乐园由衷的赞誉。

从师范学校毕业后，带着馥馥郁郁的槐花般的青春，到这里执教，她已适应了这恬静而平淡的生活。其实，对环境的适与不适，人们对一种事物的迷惑与渗透，有时仅一念之差，但这一念之差的转移需要一个特殊的契机。她与这山村学校结缘，是因为在毕业前夕听了一次"模范教师报告团"的报告。那时，她为山区教师的默默奉献精神所感动，为山村学校缺少教师而焦虑。她知道，贫困与愚昧结伴，文明同知识齐驱，齐以管仲而致富，秦以商鞅而致强。从古如斯，人才即财富。

山村比城市更需要教师。她觉得自己有一种责任与使命必须为山村的学生做点什么，借以报答师长的培育之恩，就像参天大树将落叶归还给根上的泥土。她有一种渴望，愿自己变成一只小鸟，飞到山村的学生们中间去，她要将自己点燃，让火焰似音乐般在学生们心中荡漾。毕业时，她担着父亲的希望，牵着母亲的情丝，拎着六弦琴，揣着徐志摩诗集，连同轻轻奏响春天音符的日记，走进那简陋而充满希望的山村小学。

这里，没有宽敞明亮的教室。那简陋的校舍，是村民们捐工捐物建成的。吃水要用木桶从山沟里挑上来，上课的信号是靠敲打一个废弃的铁犁面发出的声音，讲演的黑板也显得斑斑驳驳。这种状况，她在来校之前曾想过，但仍有些出乎意料。在与同窗好友的书信中，她有时也流露出一些淡淡的忧愁。闲暇时，她偶尔对自己当初的选择是否正确而默默拷问。人生的幸福是什么，是为信念而活，还是追名逐利；是平平淡淡求得问心无愧，还是充实地去奋斗。有时，想到这些，她也有淡淡的迷茫。

她还是毅然地留了下来。在平淡中，她感到这里的世界很精彩。在贫困中成长的孩子对知识有一种如饥似渴的追求，那是大山的希望所在，当她温柔的话语与同学们专注而清纯的目光相遇时，她有一种体味会心的惊喜。这些整天与泥土、鼻涕打交道的小精灵，他们虽然没有漂亮的衣服，但他们的心灵是那样的质朴。虽然他们不知道巧克力、棒棒冰，但他们会用泥土捏成各种造型优美的玩具，用树叶吹出心曲，用鸡毛做成毽子，用铁环推出快乐。最令她感动的是，一次她生病了，这些聪明、可爱的学生都到家里来看望她，虽然没有多少安慰的话语，他们也不善于表达，只有将真诚写在眼睛里。临走，每人给她送一个小礼物，打开一看，她潸然泪下：几个鸡蛋，一根黄瓜，一个桃子……

每次家访或从村舍旁走过时，学生们那发自心底的"老师好"的呼唤和诚恳

的挽留，使她有一股暖流在胸中沸腾。她在这个小山村好像成了真正的"精神贵族"，她那一摞摞的书籍，在学生们眼中就是学富与才高的佐证。每当脑海里浮现出一个个鲜活的情景时，她觉得自己的心仿佛浸在蜜中，幸福感与自豪感油然而生。

对于许多人来说，生活并不是轰轰烈烈的，平凡才是它的真谛。在平凡中，她品味着诗意的隽永。她深信，爱能让一个普通的嫩芽变成一棵参天大树。清晨，伴着鸟鸣与晨曦碰响的旋律，她走向课堂，用知识的犁铧去耕耘一片蛮荒之地。课间，她与学生们一起蹦蹦跳跳做游戏，给他们讲一个个令人畅想的故事，放飞一个个希望。黄昏，学生们用甜润的歌喉歌唱晚霞，吟送夕阳，她则伏案疾书，开始了备课与批阅作业。

雾露渐渐散去，槐花全心全意地向蜜蜂开放着。槐花开个不停，蜜蜂们就忙个不停，嗡嗡嘤嘤，穿梭一般地往返，鸟儿衔草是为自己筑巢，蚁儿觅食是为自己果腹，蜜蜂劳累是为生活酿蜜，她的忘我，她的坚贞是为什么呢？因为，天空是鸟的世界，鲜花是蜜蜂和蝴蝶的世界，学生就是她的世界。

心灵 寄语

教师的爱是滴滴甘露，即使枯萎的心灵也能苏醒；教师的爱是融融春风，即使冰冻了的感情也会消融。

跌进坑里，别急着向上看

佚 名

那还是孩提时代的事。小学四年级，我们的班主任姓李，是个相貌平平的老头儿，心肠挺好，教学也很有一套，可就是脾气怪怪的。

这天下午有一节劳动课。李老师带着我们到学校的后山捡柴，让我们捡地上的枯树枝。

我和三名同学跑向后山顶，边跑边捡。在一棵大树旁，我发现了一堆枯干的小树枝，急忙奔过去。跑着跑着，我脚一滑跌进一个深深的坑里。坑太深，三名同学吓得大呼小叫，想尽办法也没能把我拉上来。

同学喊来了老师。李老师站在坑边上，盯了我许久，才沉着脸坚决地说："跌进坑里，别急着向上看！我们不拉你上来！"全班同学面面相觑，都没敢吱声。

"老师，老师，我上不去！"我在坑里急得大叫。

"在里面待着吧，我们走！"李老师像陌生人一样大声扔给我一句话，带着同学们走了。

老师硬生生地走了，不管我的死活。我一屁股瘫坐在坑里，嘴一张，哇哇

大哭起来，"老师！老师！我出不去！"一边哭一边生气地在坑里打滚。滚着滚着，无意间我看见了一道亮光。擦干眼泪，我坐起来向亮光处爬去。透出亮光的地方有一个洞，我钻了进去，越钻越亮，不一会儿到了山坡上，一挺身我跳了出来。

李老师和同学们都站在山坡上，随着我的出现，山坡上响起了真诚而热烈的掌声，久久不息。老师猛地抱起我原地转了两圈。我所有的不快，一扫而光，不解地问："老师，你怎么知道坑里有洞能出来？"

"老师看你没摔坏。"

"老师在上面就看见光了。"

"老师想让你自己出来。"

没等老师开口，阳光下同学们晃动着聪明的小脑袋争着抢着告诉我。

李老师蹲在我面前伸出宽大的手掌拍掉我身上的尘土，亲切地抚摸着我的脑袋，重重地点着头。同学们探着身子，咧开小嘴上下打量我。

这时，老师慢慢地站起来，环视一下四周，将一只手指竖到嘴边，示意我们安静。然后，他走到高处一字一句地说："孩子们，记住，跌进坑里，别急着向上看，一心寻求别人的帮助，常常会使人看不见自己脚下最方便的路。"

三十多年过去了，我还无法忘记儿时跌进坑里自己爬出来的经历，老师的话一直印在我的脑海里。直到今天，每当生活中遇到失败和意想不到的打击时，我总是这样提醒和勉励自己：跌进坑里，别急着向上看，一心寻求别人的帮助，常常会使人看不见自己脚下最方便的路。

心灵寄语

教的一个重要环节，是让人学会自强自信，而不是依赖。教会学生自己教育自己，这是一种最高级的技巧和艺术。

抢占一个好位置

佚 名

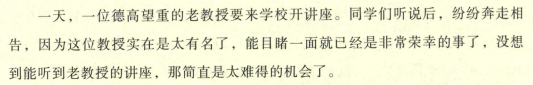

　　一天，一位德高望重的老教授要来学校开讲座。同学们听说后，纷纷奔走相告，因为这位教授实在是太有名了，能目睹一面就已经是非常荣幸的事了，没想到能听到老教授的讲座，那简直是太难得的机会了。

　　当天，听讲座的人很多，整个会场已经都坐满了，还有好多人在站着。大家都在盼望着老教授能多讲些东西，让自己的眼界更开阔些。在大家焦急的等待中，教授终于开始准备演讲了。

　　但教授没有说话，也没有拿粉笔，而是径直走下讲台，来到大讲堂的最后一排的座位上，向坐在中间的那位同学深深地鞠了一躬。

　　大讲堂里一下变得鸦雀无声，大家不知道发生了什么事情。

　　教授又走回讲台："我之所以向这位同学鞠躬，是因为他选择坐里面的位置的行动，让我充满敬意。"

　　大家都不以为然，坐在哪儿不是听啊！

　　老教授继续用不高的语调道："我今天是第一个来大讲堂的，在你们入场时，我发现，许多先到的同学，一进来就抢占了靠近讲台和过道两边的位置，在

他们看来，那一定是最好的位置了，好进好出，而且离讲台也不远，听得也很清楚。"大家都同意地点点头，确实如此，尤其讲台前的和坐在过道两边的同学深有感触。

"但是这位同学则不然，她来的时候，还有很多好位子，可是她却径直走到大讲堂的最后面，而且是最中间，进出都不方便的位置。"

老教授接着说道："我继续观察后发现，因为座位前排和后排之间的距离小，每一个后来者往里面进时，靠边的同学都不得不起立一次，这样才能让后来者进去。我大体统计了一下，在半个小时之内，那些抢占了'好位置'的同学，竟然为他们只想着自己的行为，付出了起立七八次的代价。而这位坐在后排中间的同学，却一直安详地看着自己的书，没有人打扰。同学们，请记住吧：当你心中只有你自己的时候，你把麻烦其实也留给了自己；当你心中想着他人的时候，其实他人也在不知不觉中方便了你自己。"

这时，大讲堂里的人才明白老教授的真正用意，而那些只顾方便自己的同学才恍然大悟，原来自己真的很愚蠢，付出了很高的代价还蒙在鼓里。只有那位同学笑了笑，继续听教授的讲座。接下来的讲座内容就不用说了，我们从礼堂外听到的一阵阵的掌声和笑声，就可以知道，这次讲座没白来，值！

言传身教是为师之道，教育的一个目的就是让学生把自己的私德健全起来，建筑起"人格长城"来。由私德的健全，而扩大公德的效用，来为集体谋利益。

四颗糖的故事

佚 名

陶老师任班主任时，班上有一个很特殊的男生。他是个易怒、报复心很强的孩子，常常以攻击的方式对那些曾给自己带来不愉快的小伙伴发泄不满，他的口头禅是：你等着，我会报复的。

一天，陶老师正在进行一堂课的讲解时，这个男生没有认真听讲而是借了其他同学的本子在抄，后面的同学发现了要抢他的本子，他于是想护着本子，在这一拉一扯中，他的本子被撕破了，这次可惹恼了这个男生。冲动的他不假思索地就将那位同学桌上放着的英语书拿起来撕了个粉碎。

这种过激的行为让陶老师不得不有所行动，于是陶老师马上前去阻止两个人的拉扯。他举着被撕破的本子大喊："他撕碎了我的本子，我就要报复。"为了保证课的顺利进行，陶老师没有让他再做过多的解释，收了他的本子，并让他坐下继续听课。但他仍处于亢奋状态，用椅子狠命地往后挤，表示报复。陶老师还是没有停下课的节奏，只是安排他坐到了最前面的空位置上。10分钟后，他平静了下来，陶老师让他坐回了原位，并告诉他课后到老师办公室。

当陶老师回到办公室时，那个男生已经等在那里了。陶老师坐到座位上，

然后掏了一颗糖给他，并说："这是奖给你的，因为你很准时，比我先到办公室。"他惊疑地瞪大了眼睛看着陶老师。

接着，陶老师又掏出第二颗糖，对他说："这第二颗糖也是奖给你的，我调查过了，因为在课上你知道将前几天遗漏的课程及时补上。"他将信将疑地接过糖果，低下了头。

接着，陶老师又掏出第三颗糖给他说："因为课上老师收了你的本子，你没有抢老师的书，说明你对老师还是很尊重的，应该再奖励你！"

这时的他脸涨得通红，结结巴巴地说："老师，我错了，补作业应该在课间，同学不小心撕破了本子，我不该冲动报复，因为我们是同学，同学间要相互友爱……"

听到这，陶老师笑了，马上掏出第四颗糖："为你正确认识错误，我再奖给你一颗糖。我的糖发完了，我们的谈话也结束了。"

现在的孩子常常以自我为中心，心胸不够开阔，时常会有报复情绪。其实报复心理是一种不健康的心理状态，它不仅会对报复对象造成这样或那样的威胁，而且有害自己的心理健康。有报复心理的孩子，神经经常处于亢奋状态，容易误解别人的意思。

作为教育者，教师必须要注重批评的策略和智慧。通过如此"艺术"施教的方法，使学生认识到自己的错误，从而达到改正的目的。

原来，小小的 4 颗糖竟有如此惊人的教育魅力，我们不得不敬仰那些有智慧的教育家。他们身上闪耀着智慧的光芒，用自己的爱心创造教育的神话。

好的教育，方式很重要。教师用自己的智慧来让一个犯错的孩子认识并改正了错误，不得不说这是一种神圣的境界。

"偷"试题的老师

佚名

袁老师是一位非常爱学生的老师，说他爱学生如子一点也不过分。而且爱学生的他经常会做出一些出人意料的事来。

在他当初中班主任的时候，班上有一名学生功课不好，见到考试就害怕，常常借故"逃考"。尤其是数学考试，哪怕见到小测验，也要提前两天"装病"。数学成绩可想而知。

袁老师得知这消息后，很为这个学生着急，但他想，这个学生的问题不在于他对数学课的态度问题，而在于这个学生的心理素质有问题，所以增强这个孩子的心理素质是解决问题的关键。

如何锻炼这个学生的心理素质呢？袁老师决定从增加他的自信心开始。于是袁老师和数学老师商量了一个绝好的对策。

有一次又要考数学，袁老师提前三天，从数学老师那里"偷"了一份试题。在袁老师宿舍里，袁老师手把手教这个学生答题，从头到尾，无一遗漏。考试的时候，这个学生把袁老师教的几乎忘了一半，但是还好，考了71分。这对这位学生来讲简直是破天荒的事！同学们对他也是刮目相看，朝他投来鼓励和赞赏的眼

光。这些都让这个学生感到心中有股说不出的感觉，是喜是悲，或者其他什么？他自己也说不太清楚。

接下来的一次考试，袁老师又从数学老师那"偷"了一份试题。但这次袁老师告诉这位学生："我实在太忙了，没时间给你讲解，这份试题你就自己琢磨吧。我想你应该能行吧！"袁老师说完就忙自己的事去了。

这次没了袁老师的帮忙，只能靠自己了。于是他上课认真听老师讲课，课下借了别的同学的听课笔记，翻了自己的教科书、练习册，甚至绕着弯子向其他同学请教。花了不少的心思和精力在这套题上。结果，考试成绩下来，他得了80分，用数学老师的话说，"简直是奇迹！"他自己也惊讶不已。原来凭自己的努力，也能获得高分，尽管这里仍有其他同学的帮忙，但自己毕竟费尽苦心在上面。

以后的一次考试，这个学生突然不要袁老师"偷"试题了。袁老师明知故问："为什么？"他说："我现在已经认真听课，作业一次都没少做，而且完成得认认真真。我想我已经有信心自己独自面对考试了，我有了充分的准备。不过跟过去的准备不一样。"

"怎么不一样？"

"所有考试的方法都在这里。"他指了指自己的脑袋。

他已经有胆量去参加考试了。袁老师诡秘地笑了笑，由衷地表扬了他，并用星期日一天的工夫，和他一起复习那个章节。

这一次考试，尽管这位学生只得63分，但挂在他脸上的，是很久没有过的灿烂笑容。

从此以后，他再也没有逃过任何一次考试，第二年，这位学生顺利地考取了高中。

心灵寄语

　　"师也者，教之以事而喻诸德也。"老师用他的爱心让一名学生树立了自信。

人生的温度

李雪峰

　　教授的一群学生要毕业，最后一堂课，教授把他们带到实验室。教授取出了一个玻璃容器，往容器里注入了半容器清水，教授说："这是常态下的水，如果把它倒进小溪里，它将能流入大河，然后和许多水一道奔流着涌进大海。"教授把盛水的容器放进一旁的冰柜说："现在我们将它制冷。"过了一会儿，容器端出来了，容器里的水凝结成了一块晶莹剔透的冰，教授说："零度以下，这些水就成了冰，冰是水的另一种形态，但水成了冰，它就不能流动了，诸如南极极地的一些冰，它们在那里待了几千年几万年，几公里外的地方它们都不能去，它们的全部世界就是它们立足之地的那一丁点儿地方。"

　　"现在，我们来看水的第三种状态。"教授边说边把盛冰的玻璃容器放到了酒精炉上，并点燃了熊熊的火焰。过了一会儿，冰渐渐融化了，后来被烧沸了，咕咕嘟嘟地翻腾出一缕缕乳白色的水蒸气。

　　过了没多久，容器里的水蒸发干了。教授关掉酒精炉让同学们一个个验看玻璃容器说："谁能说出那些水到哪儿去了呢？"学生们盯着教授，他们不明白这最后一堂课，学识渊博的教授为什么给他们做这个最简单的实验。

教授问学生们："水哪里去了？它们蒸发到空气里，飘进辽阔无边的天空去了。"教授微微顿了一顿说，"它并不是一个简单实验！"

教授说，水有三种状态，人生也有三种状态，水的状态是温度决定的，人生的状态也是由自己心灵的温度决定的。教授说："假若一个人对生活和人生的温度是零摄氏度以下，那么这个人的生活状态就会是冰，他的整个人生世界也就不过是他的双脚站的地方那么大；假若一个人对生活和人生抱平常的状态，那么他就是一掬常态下的水，他能奔流进大河、大海，但他永远离不开大地；假若一个人对生活有100℃的炙热，那么他就会成为水蒸气，成为云朵，他将飞起来，他不仅拥有大地，还能拥有天空，他的世界将和宇宙一样大。"

教授微笑着说："让你们对人生、对生活的温度最少保持在100℃，这样你们的人生世界才会最大。"

教室里哗地响起了雷鸣般的掌声，同学们记住了心灵的温度将会决定一个人的生活和一生。

心灵 寄语

一只粉笔写下了您辉煌的人生，一根教鞭指引我们走出了迷茫，一块黑板记录了您无悔的追求,一张讲台使我们驰骋知识的海洋。

池老师教我的两件事

郝明义

我在韩国釜山出生，读小学、中学，然后来台湾读大学。中学的时候，有个级任导师，名叫池复荣。

池老师个子矮矮的，戴着圆圆的眼镜，神色和蔼。她会讲一口流利的中文，但不是中国人。她父亲是韩国抗日名将，因此她在中国东北成长，辗转大江南北。

池老师除了是级任导师外，也教我们韩文。

我向她真正学到的，却是另外两件事。

我学的第一件事情，是在一堂周会课上。

每个星期二下午的最后一堂，是级任导师担任的"周会"课。那天黄昏，夕阳从后面的窗口洒进来，把教室照得光亮耀目。我们在练习开会的议程。我有一个提案，进入表决的程序。由于没有人举手赞成，我觉得很尴尬，就嚷着说算了，我也不投票了，撤销这个提案。

池老师坐在教室最后一排。我没看到她的人，但听得到她说话的声音："郝明义，你不能说就这样算了。就算没有半个人赞成你，你还是要为你的提案投一票，因为这是你自己的提案。"

我面红耳赤地举手投了自己一票，全班唯一的一票。

到底是什么提案，同学那么不捧场，已经毫无记忆。但那一堂课，给我影响深远。不论日后求学，还是出来工作，每当我想起什么别人认为荒唐的念头，或是没法接受的构思时，总会有个声音提醒我："就算没有半个人赞成你，你还是要为你的提案投一票。因为这是你自己的提案。"

我学的第二件事情，是在一次郊游中。

我们去一个海滩。同学们戏水，我就在岸边负责看管大家的鞋子。闲来无事，恶作剧地把鞋子藏进沙里。

要回家的时候，大部分鞋子都找到了，有一双就是找不出来。我无地自容，但也无法找到鞋子。

天色越来越暗，场面有点儿混乱，出现了一个人。个头不小，醉醺醺的，手上拎了个东西，就是那双鞋。我们向他要，他偏不给，欺负我们是小孩子。

在这个当儿，池老师过去了。她矮矮的个子还不到那人的肩膀。她很简单地说了几句话，要鞋子。醉汉嬉皮笑脸地，有点儿不三不四。这个时候，突然"啪"的一声，她扬手给了那人结实的一记耳光。

听多了不要惹醉汉的话，我的心悬在半空。

晚风中，池老师站在那人面前，一动不动地看着他。接下来，那个醉汉把鞋子交给她，咕哝了一声，走了。

太神奇了。一个个子那么矮小的女人，可以坚定地给一个大汉一巴掌。那一巴掌，也像一粒种子，在我心里慢慢地发芽。事实上，只有多年后，我才感受到其中的力量：当你义无反顾的时候，不论对方是何种庞然

大物，不论你是多么矮小，照样可以迎面给他一巴掌。

是的，池老师教我的，就是这两件事情。不多，不少。

 心灵 寄语

一句赞扬是无限的信任和阳光！一个微笑一直温暖着我们心房！一个动作明确了我们人生的航向！一个目光给了我们快乐和希望！感谢恩师！

嵌在心灵的一课

佚 名

　　自从小时候那一场重感冒夺去了我健康的左腿，小儿麻痹症就开始成为我生活的羁绊。等到终于能靠拐杖撑起自己的身体走路时，我又发现，身体的不适还在其次，我那难看的走姿是同学们嘲笑我的话柄。

　　好在我是个勤奋而且聪明的女孩儿，我的成绩在年级总是第一名。这稍稍能给我一些安慰，但这并未消除我的自卑和别人对我的歧视。就这样我慢慢地成长起来，直到初三时的一节英语课改变了我几乎一生的心情——那节课在我的心灵深处激起了千重的浪花。

　　那是一篇关于一匹骆驼的课，其实是普通的一课。当时我是班里的学习委员，每篇课文我都会预习的，但偏偏是一匹瘸骆驼，那个lame（瘸子）的单词让此时我的心狂跳不已。我仿佛想到，老师带领全班同学朗读lame的情景，大家会不约而同地转头看我这个实例——瘸骆驼就在他们中间。想到此处，我不禁流下痛苦的泪水。

　　令我心惊胆战的英语课终于来了。预备铃刚响过，英语老师就走进来，未等班长喊起立，王老师就说："同学们，今天我们讲新课。"

突然王老师顿了一下，拍了自己脑门一下："糟了，我忘记带备课本了，还有几分钟，来得及，学习委员和课代表帮我去拿一下好吗？"

我和课代表王英走出教室，到老师办公室找到他的备课本。在回教室的路上，我故意走得很慢，希望自己再也不回到教室，等同学们下课，我再进去，就可以避免同学们的嘲笑了。

但时间过得太慢了，我们走进教室时，老师说了声"谢谢"，开始讲课。老师开始领读单词了，同学们很安静，读得很认真。单词一个个读下去，马上就到lame了，我紧闭双眼，不敢再看大家。到lame了，lame……

王老师和同学们一遍遍读生词，除此，教室里没有其他的声音，也没有我想象的哄笑声。我慢慢地抬起头，打量周围的同学，大家都在专心地读单词，根本没人注意我。

后来我发现，老师根本没读那个单词，每次他都跳过去，似有意又似无意。

"丁零零……"下课了，这一节课终于熬过去了。老师布置完作业走了，我的心也稍微平息了些。

第二天晨读时，我的心又开始忐忑不安。晨读课上还会有同学读英语，他们还会读到lame，我该怎么办？真想逃出教室，走得远远的，听不到同学们琅琅的读书声才好。可是，那天晨读课，大家都安安静静的，没有一个人读英语单词和课文，也没有一个人读lame。

此后，我的各科成绩还是始终保持年级第一，我又开始穿裙子，跳猴皮筋，参加各项活动。

几年后，我考上了北京那所众所周知的大学。

又过了几年，在一次同学聚会上，我和爱人遇到了王英和她的丈夫，这时我已经是一所专科学校的英语老师了。谈笑间，我们又提到那件事。王英说："你知道吗？那是王老师安排好的，他对大家讲，你的左腿虽然残疾了，更关键是你的心也受到了打击，其实你怕再受到伤害。lame会影响到你的情绪，所以他安排你去拿他的备课本，在那几分钟里，老师已经带领大家读过了那个单词，而且和同学们约定晨读时也不再读那个单词……"

原来如此，我的泪水禁不住哗哗地淌了出来。是王老师替我挽回了尊严，保持了我这颗健康的心不再受到伤害，使我在厄运将要来临时，没有跌倒，使我没有被命运击倒，找回了自信，抛开了自卑。

那是一节嵌在内心深处的课，它给我的不仅仅是知识，还有一生的支持。

心灵 寄语

老师在学生的心目中，是"真的种子，善的信使，美的旗帜"。师恩如山，因为高山巍巍，使人崇敬。师恩似海，因为大海浩瀚，无法估量。

给美丽做道加法

宽容，是自信的基础；宽容，是人格的因子；宽容，是人才的动力。教师，是宽容的使者！

温暖一生的棉鞋

佚 名

　　我中学时有个同学，家里很穷，每当交学费的时候就是他心里最难受的时候。他是班上交学费最晚的一个，且不足百元的学费大部分都是借来的。寒冷的冬季，班上30多个同学都穿着棉鞋，只有他一个人穿着单鞋。

　　由于家庭困难，他的一双单布鞋整整穿了 3 年，并且鞋尖破了洞，连大脚指头都露出来了。整个冬天他的手脚冻得发肿，像茄子一样。这让他一直很自卑，心里总是渴望有一双属于自己的棉鞋。

　　初三那年冬天交学费时，他家还是借钱交的。有天中午，当他在教室门外晒太阳，脱掉破了洞的单鞋，挠肿得发痒的脚指头时被班主任发现了。班主任悄悄把他叫到办公室，告诉他由于自己工作失误，这次多收了他30元学费，并要把多收的钱退给他。

　　老师拿起他破了洞的鞋在地上磕了磕说："再厚再好的鞋也有破了的时候，再长的路也有被脚走完的时候。你家困难并不是你的过错，这反而是你勤奋学习的资本和动力。只要你好好学习，你家迟早会好起来的。"

　　末了，老师让他用这30元钱买一双棉鞋，不要有什么想法和顾虑。班主任老师再三叮嘱他，为了维护老师的面子，请他不要告诉任何同学，一定替老师保守这个秘密，他郑重应诺。

为人老实敦厚的他回家后告诉母亲说老师退了30元学费，他母亲高兴得跑到邻居家问是否给他们的孩子也退了学费，邻居都说没有这回事。邻居们认为班主任老师欺骗了他们，赶到学校添油加醋地质问校长并汇报这位班主任老师多收费，不公平，有的学生收得多，有的学生收得少。

学校调查后发现，他的班主任不但没有多收 1 分钱的学费，反而给一个同学补交了部分学费。

最后，他用老师退的钱买了一双棉鞋。穿上棉鞋后，他脚上的冻疮也好了。老师并没有因为他违反了彼此的约定而责怪他一个字。

后来他考上了大学，毕业后到深圳的一家外资公司工作。

有一年春节他回家探亲，我和他聊起各自求学的艰辛之路。他语重心长地说："幼稚的我那时根本想不到老师退学费的真正用意，现在才终于明白了老师的良苦用心，他不是在给我退学费，而是在用他慈父般的心，小心地捍卫我的自尊，勉励我不向贫穷低头哇！尽管那双鞋我只穿了几年，尽管现在我穿着价格不菲的名牌皮鞋，但总感觉没有那双棉鞋温暖。"

最后他说："老师其实不是在给我买棉鞋，而是在给我指引一条不断向上进取的路呀！在我事业陷入困境的时候，我就会想起那个寒冬的中午，想起那双棉鞋，那双鞋必将温暖我一生。其实，一双鞋可以改变一个人的命运。现在每逢节假日我都会给老师送去问候和礼物。老师对学费的事只字不提，他总是重复那句话——再厚再好的鞋也有破了的时候，再长的路也有被脚走完的时候。

心灵寄语

　　人生的路有尽头也是无尽头的，走着的路上时常想起恩师，往事历历在目，老师的爱心帮助成了一生用之不尽的资源。

一份缺角的试卷

佚 名

  在我们学生时代，每学期都要经历周考、月考、会考、统考，其中还时不时要穿插小测验、小竞赛。我是在考场中"泡大"的一代人之一，接受的考试数不胜数，有一场考试却让我刻骨铭心……

  那是一个阴天的下午，原设在学校大操场上的露天考试，由于天阴临时改在教室进行。我参加初三化学的期中考试，答完了所有的题目，唯有一道是非辨析题弄不准。我再次仔细审查该试题后，惊喜地发现，这不正是我刚买的那本《精选化学例题》上的一道例题吗？复习时，因感到题偏难才没有去细琢磨。眼下，这本《精选化学例题》正放在我的桌面上。我按捺不住，该死的手慢慢伸向它。刚翻开，背后伸出一双大手，像老鹰抓小鸡似的叼走了书本。

  我转身一看，正是监考老师，他满脸愤怒，当场在我试卷的右上角用圆珠笔签上了"作弊"两字。整个过程不足1分钟，我却仿佛做了一场噩梦。想着被班主任、父母知道后的后果，想着自己的名字会在校门口的黑板上公布出来，想着考试前自己一边放着牛、打着猪草，一边背题目付出的努力，我的眼泪滴在了试卷上。我多么希望我的眼泪能感化监考老师，企盼着他能把这可恶的"作弊"两字

擦掉。

　　放学了，我不敢回家。已经转晴的空气中弥漫着湿润的雾气，天边一抹晚霞也躲在了山后，夜幕笼罩下来。这时，教我们化学课的杨老师来到教室，他30岁开外，性情温和，说话慢条斯理。当他从我吞吞吐吐的叙述中得知事情的经过后，出乎我的意料，他没有半句的训斥，只是宽厚地拍了拍我的肩膀，让我快点儿回家，免得父母牵挂。

　　考试后的第一节化学课，坐在课堂上的我，心突突地跳个不停，就像囚犯等待法官的宣判。看着同学们依次走上讲台领取老师批改后的试卷，我越发为自己的不诚实感到愧疚。"徐学红！"杨老师点到我的名字，我内疚地走上讲台去领那张写有"作弊"两字的考卷。那是我永远也不能忘记的一刻，我领到的是一张缺角试卷，写有"作弊"的右上角已经被人剪掉了，得分栏上赫然用红笔写着大大的92分。我感动得鼻尖发酸，发誓要一辈子感谢杨老师，一生诚实做人，永不再做这种丢脸的事。

　　发生在1990年秋天的这次期中考试，让我对"宽容"和"原谅"有了独特的体验，它让我明白了，有时宽容比指责更能催人自新，原谅比惩罚更能净化灵魂。严格的处罚像外科手术，能治病，但病人承受了很多痛苦，不得已而为之；原谅一个人的过错，就像一服苦涩的中药，余味绵长，由里及外，拔毒祛病。我曾不止一次地回味这件事，告诫自己与其提心吊胆去争取那些不属于自己的东西，不如本本分分地做人更踏实。倘若当时我受到了平时作弊者应有的处罚，或许也能警醒我，但绝不可能有如此的刻骨铭心，让我受用一生。

心灵 寄语

　　教师对学生宽容，这是一种美德，它有一种巨大的人格魅力。宽容学生的过失并不是姑息迁就犯错误的学生，而是"躬自厚而薄责于人"，以诚恳为先，动之以情、晓之以理，使学生如沐春风，从而督促其改正。

周老师改别字

佚 名

　　周老师是我高一时的班主任兼数学老师。工作了30个年头的周老师，教学非常严谨，对待工作一丝不苟，是典型的公式化的老师，解决问题都是数学的逻辑思维。

　　周老师带的班一向是学校里的优秀班级，无论是纪律、成绩、卫生，还是其他项目，周老师的班总是学校里其他各年级的学习典型。学校老师没有不佩服周老师的，连校长也要敬周老师几分。据说，校长也是周老师的学生。

　　众所周知，周老师对学生要求十分严格，大多数学生对周老师都有几分敬畏。

　　这天，周老师班里新转来一名同学，叫方凯明，同学们听说他在原来的学校表现非常差，打架，课堂捣乱，欺负女孩子，总之是臭名昭著。在那待不下去了，他父母把他转到这个学校了，其他班级教师都不敢收这位"捣蛋大王"，怕他把班里其他人带坏。没办法，学校把他分到周老师班里，希望周老师能镇得住他。

　　周老师倒觉得这是一个挑战，心想："30多年了，我还没碰到一个让我怕的

学生呢！"

方凯明进班第一天，同学们都以异样的眼光看着他，好像他是个外星人。而方凯明觉着无所谓，以一副毫不在乎的态度回敬大家的眼光。

一天早上，早自习，周老师来班里巡视，见黑板上画了一幅人体半身塑像：大脑袋，疏发，小眼睛，鹰钩鼻——活脱脱的匪首座山雕。下面注着一行小字道："这是周老师。"

班里出奇的静，似乎还有几个同学偷偷地观看周老师，空气好像凝滞了。周老师神态自若地走近黑板，仿佛用欣赏的目光看着画像，班里的气氛不那么沉闷了。片刻，周老师拿着粉笔把"是"改成"似"，转过脸微笑着说："同学们，仔细看看这幅画，再仔细看看我，这个头是我的，鼻子有我的一点儿特征——不过勾得幅度显得大了点儿，其余的一点儿也不像。因此，我把'是'改成了'似'就抬举他了！同学们说我这样对吗？"

"对！"同学们异口同声，气氛很活跃。而方凯明显得很没趣，独自低下头。周老师一看就知道，这是他的杰作，于是欲擒故纵，说："画画儿是一门艺术，要想画好了，课下一定要下工夫，我坚持业余画画有20多年了，最近，咱们学校组织课外绘画小组，聘请我为美术组的指导老师呢，谁要想学，可以来跟我说一声。"

大家兴致都很高，谈论着自己的想法，几乎忘了恶作剧的事。

那天，第一节课是周老师的数学课，方凯明同学在周老师的课上玩脸谱纸牌，被周老师发现了，周老师悄悄走到他座位跟前，把纸牌给没收了。

"周余你不的好死！"方凯明在偌大的一张纸上写上他要写的字。

周老师看到这张纸，显得异常平静。他并没有说什么，只是坚持着把课讲完。课后，他把方凯明叫到办公室。

出人意料的是，周老师不但没有发火，反而耐心地帮助方凯明纠正错别字，因为激动，他把"得"写成了"的"。

"其实，每一个人都是要死的，死并不可怕，可怕的是活着没有好好读书，到死的时候才后悔。你现在还小，有些事你还不清楚，等到长大就晚了，所以一定要听长辈的话。噢，对了，上次，你的画不错，有一定潜力，如果想学，我可教你。好了，回去吧。"

"对不起，周老师！"方凯明满脸泪水地表白着。

几年后，方凯明以优异的成绩考取了名牌大学。

心灵 寄语

老师的爱和宽容教会学生如何正确对待别人、对待自己，让学生在成长中体味一种人生哲理。

给美丽做道加法

佚 名

　　就像平静的湖面落下一枚银币，突然的声响，惹得满教室的花朵晃动起来。靠窗那排坐在最后的同学，弄碎了一块小镜子。

　　这是上午的第二节课，老师的讲述已经停了下来，同学们正在进行课堂练习。有初冬的阳光从窗外涌进来，流淌在摊开着的课本上的字里行间。在教室的课桌间来回踱步，看长长短短的 7 排秀发及秀发间亮晶晶的112粒葡萄，捕捉"沙沙"的写字声合成的音乐，男老师感觉到自己好像一位农民在田间小憩，擦汗的同时聆听着庄稼的拔节之声。

　　一个小姑娘心爱的小镜子摔坏了。

　　教室里低低有了议论：

　　"臭美！扮啥酷哇！"

　　"上课怎么能照镜子？"

　　"活该受批评了。"

　　"看老师怎么办。"

　　老师没有言语，他有意无意地听着同学们的每一句议论。这些女孩子啊，全是十五六岁年龄，作为旅游职校的新生，脸蛋儿、身材、口齿，当初都曾经过精心挑选，一笑甜爽爽的，开了口也如一巢出窝的小鸟，没有三五分钟是静不下来的。男老师的心里笑着，他知道她们在等讲台上的反应。

其实，开始练习不久，老师就已经发现那位同学悄悄摸出小镜子。他看到她将镜片偷偷压在作业本下，写几笔作业就照一照。借着阳光，一只蝴蝶形的淡黄色的发夹舞动在她的前额，花季的脸蛋真是漂亮。男老师想提醒她，但一时没想好合适的话，现在经同学一催化，他忽然有了一种灵感。

他微笑着先开口问了一个物理问题。

"请说说平面镜的作用。"

"有反射作用。"这很简单，全班56个同学几乎异口同声地回答。

"是啊！"老师说，"同学们，几分钟前，我们教室里56个同学变成了57朵花，有一个同学借镜子里反射出一朵。但是，镜中的花是虚的，镜片只能反射美丽，并不能增加美丽。要增加美丽或让美丽面对岁月雨雪风霜的一笔笔减数，还能保持总数不变，我们唯一的办法是从另一方面给她再一笔笔添上加数。这加数是指，我们一次次作进步的努力，一次次为自己的目标不轻言放弃，或者，一次次向我们的周围伸出自己的手……而此刻，对坐在教室里的你们来说，帮助你们增加美丽的是你们桌上的书本。"

再没有任何声音，一池吹皱的春水再度恢复平静。

当天晚自习时，照镜子的小女孩在日记中写下了这样一句话——给美丽做道加法。

宽容，是自信的基础；宽容，是人格的因子；宽容，是人才的动力。教师，是宽容的使者！

星期一下午的素描

佚 名

在我 9 岁的时候，母亲离开破产的父亲远嫁给了芝加哥的一位富商。事业、婚姻接连受挫的父亲从此一蹶不振，我成了实实在在的弃儿。我几乎是在一夜之间长大，同时也认识了这个世界的冰冷无情。是的，新到的班主任罗妮是一个20岁的大姑娘，虽然她有一头瀑布似的黑发，笑容也很亲切，但我对她有种天生的抵触情绪：她的样子跟我妈妈太相似了！罗妮每次都以最大的宽容来对待我的反叛，我对此不屑一顾。

罗妮老师教我们"美国近代史"。除了我，好像所有人都认为她的课讲得棒极了，这些肤浅的同学，他们往往以貌取人。

记得三年级快结束了，有一天放学后，等我在街上闲逛够了回到家，看到罗妮老师和我爸爸聊得正开心。我对罗妮的讨厌突然变本加厉，冲过去就朝她怒吼："别在我爸爸面前胡说八道！"罗妮老师很尴尬地走了，父亲为此又狠批了我一顿。这更加增添了我对她的反感。

其实，我也知道不该去酒吧喝酒跳舞；不该逃课满世界瞎逛没有一点淑女的样子；更不该把对妈妈的仇恨全部发泄到罗妮老师身上。但这些想法都是在我晚上独自躺在床上时才有的。

四年级时，班上来了个叫汉姆的素描老师。他一头金黄的鬈发，穿一件花白的牛仔。简单的自我介绍后，汉姆老师转身在黑板上画了起来。三分钟后，他转过身，用深邃的目光看着我，全班的同学也一起把目光投向我。黑板上是一个歪着嘴巴嚼着口香糖、跷着二郎腿的女孩儿。汉姆老师画的是我，虽然同学们都发出轻蔑的耻笑声，但我却很喜欢这幅画，那是真正的我！汉姆接下来说："这个女孩儿很特别，有一种成熟的忧伤和纯真！"对一个12岁的女孩儿来说，被别人夸作特别和成熟是一件多么自豪的事情。

汉姆老师为我画的素描深深地留在了我的心里。我坚信，再没有人比他更洞悉我。我决心好好学习素描，在汉姆老师的课堂上绝不捣蛋，绝不逃课。

我买了大量的素描纸、铅笔，还有画夹，不分时间场合地学习素描。

其实，只要真正爱好一件事情，用心就会做得最好。我突然变成了素描迷，关注学校的每一场画展，省下零用钱买来很多素描指导书。虽然我的其他课程每门都是最后一名，但我的素描在班上已无人能比。汉姆老师很欣赏我，这也是我努力学习素描的重要原因。

我开始盼望周一下午素描课的到来；期待汉姆老师抱着大画架走进教室；想象着他在讲台前站定，打量教室一圈后将深邃的目光投到我的身上，我深深陶醉于他每次轻轻扬起我的素描宣布："南希的素描又是最好。"

汉姆老师说过："一个人一生只要成就某一方面的伟大，那他就是伟大的。"我对此深信不疑，我要为汉姆老师而成为伟大的素描画家。

然而，6月的一个下午，我却在一家商场发现了汉姆老师和罗妮老师在一起，他们亲热地牵着手。我绝望地跑回家，大哭一场。为什么一切美好的东西都会被别人抢走，而我什么也没有？

第二天下午是罗妮老师的历史课，那天她穿了条紧身的粉色毛线裙，幸福写满全身！我

从抽屉拿出一张大16开白纸，削尖了红铅笔就开始在纸上画，我要把罗妮画成丑八怪：腰和臀一样粗，胸部袒露在外，笑容恐怖……尽管罗妮老师身材高挑、眼睛美丽、笑容灿烂。画完后，我满意极了，用黑铅笔在下面写上"罗妮女巫"。我幸灾乐祸地抬起头，罗妮老师还在讲台上讲得很起劲呢！我又拿出心爱的蓝铅笔，在"女巫"右边开始认真地勾画：披肩的鬈发、坚毅而又立体的下巴、修长的腿……画完后，我自己都惊呆了：我对汉姆老师的样子竟然这么熟稔！我兴奋地在汉姆的画像下虔诚地写下"汉姆王子"。

再次抬起头，罗妮已经站在了我的身边，全班三十几双眼睛都盯着我。我低下头，无奈地摊开双手，"女巫和王子"轻轻地从我的桌子上飘到罗妮的手中。我相信这绝对是我的刑场。

"从来没见过这么好的素描！"我突然听见罗妮老师清脆的声音自前方响起。我抬起头，她正用赞赏的眼光看着我："南希，你的素描真的很棒！能把自己画得这么惟妙惟肖，证明你一定能成功！"同学们吵着要看我的自画像，罗妮却说："我请汉姆老师给这幅画打分了再给你们看。"我无地自容，我把她画得这么丑，她居然还在同学们面前维护我的自尊。

星期一的素描课，汉姆老师举着一张大16开的素描纸，再次把目光定格在我的脸上："南希的素描又是最棒的！"同学们争先恐后的开始传阅那张素描。我看见了纸上的女孩：双手插在裤兜里，头高高地昂着，微风将她的长发轻轻吹起，她的脸上充满幸福和自信。画像写着"南希自画像"。汉姆老师大声地表扬道："能把自己的样子画得如此深刻真实，还有什么事会难倒你？"教室里响起了热烈的掌声，我却将头埋得低低的。

后来，汉姆老师私下里夸我那幅画像画得好，我才明白，原来是罗妮老师为我画了像，并且什么都没跟汉姆讲。其实，最了解我最关心我的是我一直讨厌的罗妮老师……

多年后，我已是纽约有名的素描画家，罗妮老师为我画的那幅画一直在我身边。是的，13岁的那个星期一下午，我终于重新认识自己。我终于感到自己不再不幸，也不再是一个人。而且，我知道了学好素描的同时也要学会做人，我要用成功去报答罗妮老师为我所做的一切。如果每个曾经受到伤害的孩子都能遇到罗妮那样的好老师，那么他们的人生也一定会美到极致！

 心灵 寄语

刻在木板上的名字未必不朽，刻在石头上的名字也未必流芳百世；而恩师的名字早已刻在我们心灵上，这才会真正永存。

有种水果叫香蕉

杨国华

"香——蕉。"老史在课堂上读，学生们就跟着念，满屋子的"香蕉"声就这样划破了山村晨雾。学校是沂蒙山深处的一个破庙，老史是学校里唯一的教师，学生只有十四个，却分属四个年级。

"老师，什么是香蕉？"一个孩子从石板叠起的"课桌"后面站起来，他举了手问这个问题。他的脸蛋冻得通红，猴子屁股似的。他还穿着开裆的棉裤，屁股蛋被板凳冰得生疼。

"香蕉是一种水果，可以吃。"老史回答。

"像咱村的山楂一样吗？是圆的吗？有山楂大吗？"孩子继续发问。村里只有山楂能够吃。

"大概是吧！"老史挠了挠头，头发上马上沾了些许白白的粉笔屑。"老师吃过香蕉吗？"孩子不依不饶地问，另外十三个孩子也瞪大眼睛看着老史。

"没……我也没吃过……"老史不光没吃过香蕉，也没见过香蕉。"连老师都没吃过。"孩子长叹一口气，很失望地坐到板凳上。

老史回到家中，问自己媳妇，家里还有多少钱。媳妇刚卖了鸡蛋，有十块钱，准备到集上打油吃。“拿来给我，吃过饭，我进一趟城。”

媳妇噘着嘴从裤腰里掏出了手绢，一层层打开，把一卷儿毛票儿不情愿地递给老史。

到城里有六十多里路。老史步行到镇上坐汽车，要两块钱，老史心里很疼：媳妇得攒多少鸡蛋呢？但还是坐了。

到了城里，一下车，老史就在车站上打听，有卖香蕉的吗？正好旁边有卖水果的小贩，一听便乐了，真是土老帽，连摊子上黄灿灿的香蕉都不认识！他忙把老史叫过来，问老史买不？老史这才认得啥玩意叫香蕉：黄黄的，月牙般的，十几个像孩子一样挤着，真像学校里自己教的十四个娃儿。老史想着想着便笑了。老史问多少钱一斤，小贩要一块五，少一分不卖。老史讲了半天价，也讲不下来。只好称了四斤。

老史看天还早，掏出怀里的玉米饼子，向小贩讨了一碗开水，蹲在车站里吃了。老史兜里还剩下两块钱，他不舍得花了，心想又不是不识路，干吗还要瞎花钱坐车？走着回去吧！省两块钱给媳妇买个头巾。他就去市场给媳妇买了头巾，便走着回家了。

冬天天黑得早，走到四十里地的时候，天就渐渐黑了。还有十多里山路呢，老史很着急，不觉紧跑起来。等村里人掌灯吃饭的时候，老史才瞧见村里的灯火。山路曲曲折折，天又黑，老史一脚踩空，跌了一跤，头正磕在石头上，眼前一黑，就什么都不知道了。

老史醒来的时候，觉得头疼，睁开眼一看，媳妇正在油灯下哭，见他醒了，忙给他盖了盖被子。“香蕉呢？”老史忙问。“在这呢！你连命都不要啦？”媳妇心疼他。见香蕉好好的，老史就放心了，忙从怀里掏出头巾给媳妇。媳妇破涕为笑，把头巾蒙在头上对着镜子照，不一会儿又哭了。

第二天早上，老史还没起，一睁开眼，吓了一跳，十四个学生都站在床前，手里提着鸡蛋、红糖之类的东西。那个孩子哭着揉眼：“都怪我，老师。”老史把孩子叫到身边，用手把泪给他擦干，然后，从床头上把香蕉拿出来，一支一支地掰给学生，自己也拿了一支，笑着对孩子说：“老师不知道怎么能教好学生，

今天，你们都知道什么是香蕉了吧！来，一人一支，咱们一块儿吃。"

说完，老史便把香蕉塞进嘴里。学生们都打量手里那黄黄的、胖胖的、月牙儿一样的香蕉，学着老史的样子，把香蕉塞进嘴里。每个人嘴里都涩涩的，不好吃。老史对学生说大概香蕉就这味吧！你看，城里小贩多坑人！虽然不好吃，学生们都吃下了。孩子们眼里盈着泪，不知是不是涩的……

后来，那个提问的孩子走出了大山，考进了城里的学校；再后来，他又考进了一个更大的城市的一所大学。他早已知道香蕉是热带植物，是一种剥了皮才能吃的水果。他去了南方，在香蕉树底下照了一张照片，咧着嘴笑，头顶一挂硕大的香蕉。他把照片寄给了老史。那个孩子就是我。

春雨，染绿了世界，而自己却无声地消失在泥土之中。恩师是滋润我们心田的春雨，恩师是海洋，我们是贝壳，是您给了我们斑斓的色彩。

第21页

李家同

　　张教授是我的老师，也是我们大家都十分尊敬的老师。他在微生物学上的成就，可以说是数一数二的；他的专著，也被大家列为经典。张教授终生投入教育，桃李满天下，我们这些和微生物学有关的人，多多少少都应该算是张教授的学生。

　　张教授身体一直很硬朗，可是毕竟岁月不饶人，张教授近年来健康状况大不如从前。去年他曾经住过一次院，今年，他再度住院，他的情形每况愈下。张教授当然也知道他的大限已到。他是一个非常开朗的人，也有宗教信仰，所以他能接受死亡。他说他也没有什么财产要处理，但是他十分想念他的学生，有些学生一直和他有联络，也都到医院来看过他，但有好多学生已经很久没有和他联系了。

　　张教授给了我一份名单，全是和他失去联系的学生，要我将他们一一找出来。一般说来，找寻并不困难，大多数都找到了。有几位在国外，也陆陆续续地联络上了，有些学生特地坐了飞机回来探病，有些打了长途电话来。在这一份名单中，只有一位学生，叫杨汉威，我们谁都不认得他，所以我也一直找不到他。

后来，我忽然想起来，张教授一直在一所儿童中心教小孩子英文和数学，也许杨汉威是那里的学生。果真对了，那所儿童中心说杨汉威的确是张教授的学生，可是他初中时就离开了，他们也帮我去找，可是没有找到。

就在我们费力找寻杨汉威的时候，张教授常常在无意中会说："第21页。"晚上说梦话，也都是"第21页"。我们同学于是开始翻阅所有张教授写过的书，都看不出第21页有什么意义，因为张教授此时身体已经十分虚弱，我们不愿去问他第21页是怎么一回事。

张教授找人的事被一位记者知道了，他将张教授找杨汉威的故事在媒体上登了出来。这个记者的努力没有白费，杨汉威现身了。

我那一天正好去看张教授，当时医院已经发出了张教授的病危通知，本来张教授可以进入特护病房，但他坚决不肯，他曾一再强调他不要浪费人类宝贵的资源。我去看他的时候，他的声音已经相当微弱了。杨汉威是个年轻人，看上去只有二十几岁。他匆匆忙忙地进入病房，自我介绍以后，我们立刻告诉张教授杨汉威到了。张教授一听到这个好消息，马上张开了眼睛，露出微笑，用手势叫杨汉威靠近他。张教授的声音谁都听不见，杨汉威将耳朵靠近他的嘴，一边用极大的声音跟张教授说话。从张教授的表情来看，他一定是听见杨汉威的话了。

我们虽然听不见张教授的话，但听得见杨汉威的话，听起来是张教授在问杨汉威一些问题，杨汉威一一回答。我记得杨汉威告诉张教授，他没有念过高中，但念过补习学校。他一再强调他从来没有学坏，没有在不良场合做过事，也没有在夜市卖过非法光碟，他现在是个木匠，平时收入还可以，生活没有问题，还没有结婚。

张教授听了这些回答以后，显得很满意，他忽然叫杨汉威从他的枕头后面去拿一本书，这本书是打开的。张教授叫杨汉威开始念打开的那一页。这本书显然是一本英文入门的书，这一页是有关verb to be的过去式I was、you were等例子的。杨汉威大声地念完以后，张教授叫他做接下来的习题。杨汉威开始的时候会犯错，比方说，他常将were和was弄混了。每次犯了错，张教授就摇摇头。杨汉威会偷偷地看我，我也会打手势给他。越到后来，他越没有错了。习题做完了，杨汉威再靠近去，然后杨汉威告诉我们，张教授说："下课了，你们可以回去了。"张教授露出了安详的微笑，他又暗示他有话要说，杨汉威凑了过去，这次，杨汉威忽然说不出话来了。过了几秒钟以后，他告诉我们，张教授说："再见。"

张教授就这样离开了我们。杨汉威没有将书合上，他翻回他开始念的那一页，那是第21页。他告诉我张教授在他初中时，仍叫他每周日去他的研究室，替他补习英文和数学，可是他家实在太穷了，经常三餐不继，他实在无心升学，当时他玩心又重，就索性不去了。小孩是不敢写信的，他知道张教授一直在找他，却一直没有回去，但他一直记得张教授的叮咛，就是不可以变坏，不可以去不良场合打工，不可以到夜市去卖盗版光碟。他也记得张教授一再强调他应该有一技随身，所以他就去做一位木匠师傅的学徒，现在手艺已经不错了。等到他生活安定下来以后，他又去念了补习学校，所以他对verb to be的过去式有点概念，但是不太熟。

杨汉威再看看第21页，想起他最后的一课就停在第21页。十几年来，张教授显然一直记挂着他，也想将这一课教完。

张教授的告别仪式简单而隆重，教堂里一张桌子上放了张教授的遗像，旁边放了那本英文课本，而且打开在第21页上，桌上的一盏台灯照着这一页。因为这是宗教仪式，只有神父简单的讲道，也没有人来长篇大论地说张教授有多伟大。但是神父请杨汉威上台来，杨汉威将最后一课的习题朗诵了一遍，他有备而来，当然都没有错。念完了习题，他说："张老师，我已会了，请您放心。"然后他走到桌子前面，合上了书，将台灯熄灭，这一堂课结束了。

我们这些学生都上了张教授的最后一堂课，他这次没有提到微生物，他只教了我们一个道理："你们应该关心不幸的孩子。"这也是我一生中最重要的一堂课。

天涯海角有尽处，只有师恩无穷期。老师用心中全部的爱，染成了我们青春的色彩；老师用执著的信念，铸成了我们性格的不屈。

在那颗星子下

舒 婷

母校的门口是一条笔直的柏油马路。夏天，海风捋下许多花瓣，让人不忍一步步踩下。我的中学时代就是笼在这一片花雨红殷的梦中。

我哭过、恼过，在学校的合唱队领唱过，在恶作剧之后笑得喘不过气来……等我进入中年回想这种种，却有一件小事，像一只小铃，轻轻然而分外清晰地在记忆中摇响。

初一那年，我们有那么多学科，仅把功课表上所有的课程加起来就够吓人的，有十一门课，当然，包括体育和周会。那个崩开线的大书包，把我们勒得跟登山运动员那样善于负重。我私下又加了近十门课：看电影、读小说、钓鱼、上树……我自己也不知道，究竟是把读书当玩了，还是把玩当做读书了。

学校规定，除了周末晚上，学生们不许看电影，老师们要以身作则。所以我大摇大摆屡屡犯规，都没有被当场逮住。

英语学科考试前夕，是星期天晚上，我连同另外三个女同学去看当时极轰动的《五朵金花》。我们呷着冰棍儿东张西望，一望望见了我们的英语老师和她的男朋友。他们在找座位。我推测她看见了我们，因为她的脸那么红，红得那么好

看，她身后的那位男老师长得（我毫无根据地认定他也教英语）比我们的班主任辜老师还神气。

电影还没散场，我身边的三个座位一个接一个空了。我的三个"同谋犯"或者由于考试的威胁，或者由于良心的谴责，把决心坚持到底的我撂在一片惴惴然的黑暗之中。

在出口处，我和林老师悄悄对望了一眼。我撮起嘴唇，学吹一支电影里的小曲（其实我根本不会吹口哨，多少年苦练终是无用），在那一瞬间，我觉得她一定觉得歉疚。为了寻找一条理由，她挽起他的手，走入人流中。

第二天我一觉醒来，天已大亮。外婆舍不得开电灯，守着一盏捻小了灯芯的油灯打瞌睡，不忍叫醒我起来早读。我跌足大呼，只好一路长跑，幸好离上课时间还有10分钟。

翻开书，眼前像在最拥挤的中山路骑自行车，脑子立即作出判断，哪儿人多，哪儿有空当可以穿行，自然而然有了选择。我先复习状语、定语、谓语这些最枯燥的难点，然后是背单词。上课铃响了，b-e-a-u-t-i-f-u-l，beautiful，美丽的。"起立！"坐下。赶快，再背一个。老师讲话都没听见，全班至少有一半人嘴里像我一样咕噜咕噜。

考卷发下来，我发疯似的赶着写，趁刚才从书上复印到脑子里的字母还新鲜，把它们像活泼的鸭群全撵到纸上去。这期间，林老师在我身旁走动的次数比往常多，停留的时间似乎格外长。以致我和她，说不准谁先扛不住，就那样背过气去。

成绩发下来，你猜多少分？113分！真的，附加两题，每题10分，我全做出来了。虽然beautiful这个单词还是错了，被狠狠扣了7分，从此，我也把这个叛逃的单词狠狠揪住了。

那一天，别提我走路时膝盖抬得有多高。

过几天是考后评卷，我那林老师先把我一通夸，然后要我到黑板前示范，只答一题，我便像根木桩戳在讲台边不动了。她微笑着，惊讶地仿佛真不明白似的，在50双眼睛前面，把我刚刚得了全班第一名的考卷，重新逐条考过。你猜，重打的分数是多少？47分。

　　课后，林老师来教室门口等我，递给我成绩单，英语一栏上，仍然是叫人不敢正视的"优"。

　　她先说："你的强记能力，连我也自叹不如。以前，我在这一方面也是很受我的老师称赞的。"沉默了一会儿，只听见一群相思鸟在教室外的老榕树上幸灾乐祸。她又说："要是你总是这么糟蹋它，有一天，它也会疲惫的。那时，你的脑子里还剩了些什么？"

　　还是那条林荫道，老师纤细的手沉甸甸地搁在我瘦小的肩上。她送我到公园那个拐弯处，我不禁回头深深望了她一眼，星子正从她的身后川流成为夜空，最后她自己也成为一颗最亮的星星，在我记忆的银河中，我的老师。

心灵寄语

　　感谢恩师，您的教师生涯，有无数骄傲和幸福的回忆，但您把它们珍藏在心底，而只是注视着一块待开拓的园地。

老师的棉袄

安 珍

这是一件漂亮女教师的红棉袄，虽然我们离别她好久好久了，可是至今她仍在我们内心深处，温暖着我们的心，温暖着我们的人生！

那一年的初夏，花儿开得很灿烂的季节。在通往学校的蜿蜒的小路两旁，成群的蜜蜂嘤嘤嗡嗡地，在花蕊的芬芳中跳舞。

流水叮咚的小溪，载满了花儿的芳香。清澈的水轻轻地揉洗着苔藓覆盖着的颗颗石头，像村中美丽姑娘的明眸。

今天，我的心情很激动。因为，昨天我就听说，今天将有一位新来的女教师来我们班上，而且听说很漂亮很年轻。

全班所有同学的眼睛都紧紧盯着门口和讲台。终于，盼到了女教师的身影轻盈地飘上了讲台。

在一片欢迎的掌声中，女教师便成为了我们每天眼中的一道靓丽的风景。连原来喜欢课堂上睡觉的男"瞌睡虫"，自从女教师来到这个讲台上之后，就再也不睡觉了，还有喜欢迟到的男"迟到大王"，如今不仅不迟到，反而早到。

我在梦中都还记得，女教师的眼睛很大，很圆，也很清澈，似乎能说话。只要她的睫毛轻轻一动，就会把我们眼睛的疲劳赶到十万八千里以外。

女教师讲课的声音很悦耳，用现在的话来形容，那就是很具有吸引力。我们每天都在她的声音中快乐，在她的声音里成长。

时间一晃而过，就像地里的玉米，一袋烟还没抽完，就成熟了。在女教师动听的讲课声中，不知不觉我们从炎炎的夏季走进寒冷的冬季。

大山里的冬季很美，但也很冷。从大山里走向学校，一路的美景，一路的寒冷。无风的清晨，总能看见小路两旁枯黄的草和那一棵棵叶子凋零的矮树挂着皑皑的霜。

那时我们山里孩子家里很穷，身上穿得很薄，甚至脚上没有穿鞋子，一双赤脚常常被冻得开裂流血。记得路旁有口冒着热气的浅浅小水井，我们常常迫不及待地将小脚泡进去取暖以缓解脚掌的冻伤和疼痛。

在这样凛冽的季节里，学校的树林一片枯黄。白天，我们在刺骨冻人的教室里听女教师给我们讲课，给我们唱歌，给我们讲故事，给我们讲城里人的孩子，讲城里的电灯。我们就像刚刚睁开眼睛初到这个世界的婴儿一样，对女教师所讲的一切充满了好奇，真的有这种东西吗？我们感到那样的新鲜。

一天夜里，我们正专心致志地在教室里上自修课。我一边搓着手一边写作文。正当我沉浸在作文所描绘的意境之中的时候，忽然感到背后的寒气逐渐消失了，来自一股春天般的暖流，缓缓地流遍了全身。我不禁偏头，只见一件红色的棉袄不知什么时候披在了我的身上。我双手抚摸着柔软的棉袄，眼泪忍不住流了下来。因为我知道，是那位漂亮女教师的衣服，是她亲手给我披上的，给我带来了温暖，像开满鲜花的春天，让我在这个严寒的冬季里不再寒冷。我望着女教师轻轻离去的身影，很奇怪那熟识的母亲的背影与女教师的身影重叠了起来，显得如此的亲切与光彩，视线越来越模糊了！

此后的每个寒风萧萧的夜晚，这件红棉袄便散发着春天般的温暖，依次温暖着我们全班每个同学的身和心，让我们在知识的迷宫里穿行，在浩瀚的知识海洋上扬帆，在科学的峻岭上攀登。在花开花落中，3年的初中时光闭幕。毕业那天清晨，我们簇拥着女教师走在青春洋溢的校园里，含着热泪，沿着校道，依依不舍

地走了一圈又一圈，直至夕阳西下，最后请女教师取出那件洗得干干净净的红棉袄，给同学们每人深情地抚摸了一会儿，再次感受红棉袄的温暖。同学们都不说话，一双双稚嫩的手在红棉袄上轻轻地抚摸着，就好像抚摸着女教师那张和蔼可亲慈母一般的脸庞。摸着摸着，同学们的眼睛一个个都红了，泪珠啪啪地纷纷滴落在红棉袄上。看着这一场景，女教师忍不住哭了。她一边抹着眼泪，一边轻轻地连声说："谢谢同学们，谢谢大家。"最后，大家才恋恋不舍地走出教室，向这位漂亮的女教师挥泪告别，告别这所至今仍让我们魂牵梦萦的母校。

后来，我考上了师范院校。当我毕业后第一次走上讲台，面对讲台下那一双双渴望知识的清澈目光时，我总会想起那位年轻美丽的女教师，想起那件柔软的暖暖的红棉袄，想起她春花一般灿烂的笑容，想起那一腔温暖如春的爱生情怀！决定也要将这份情传递给自己的学生，也让他们感受这份温暖。

光阴似箭，30年过去了。而女教师那件红棉袄所给予我们的温情——温暖的师生情，浓郁的师生情，让我们永生难忘。无论我们告别她的时光有多远，她至今仍温暖着我们每个同学的心，温暖着我们的人生！

心灵 寄语

如同从朔风凛冽的户外来到冬日雪夜的炉边，老师，您的关怀，如这炉炭的殷红，给了在黑暗中的我无限温暖。

色青麦朵的思念

有人说恩师是小草，默默无闻，无私奉献。
我要说，小草只能带给我们春意，而您却给了我
们一个完美的春天，伴随我们，一直到老。

"高利贷"

佚 名

　　郭老师是我们学校有名的先进教师，他对各种各样的学生，都有自己的一套管理方法，无论你是调皮还是成绩差，他总能让那些"迷路的小羔羊"迷途知返，步入正轨。学校里，无论是教师还是学生都对他尊重有加。

　　陈浩是郭老师班里的一名学生，平时虽然很努力，但成绩平平。这个孩子性格内向却又十分倔强，不太爱和其他同学沟通。所以他总是自己进进出出学校，学习上有问题，也不太问别人或老师。

　　一次英语考试，浩考了59分，只差1分就及格了。浩仔细看了一下试卷，发现只因为写错了一个单词扣掉了1分。

　　陈浩真后悔，自己考试时最后检查一下的话，就不会仅差1分而不及格了。他懊恼死了，但又不想重新参加考试进行补考，这样是很没面子的，因为班里只有少数差生才进行补考，他不愿被分到差生队里去。所以，他决定找郭老师商量一下，让郭老师帮帮忙。

　　陈浩在郭老师办公室门口徘徊了好长时间，才决定敲门。他刚举起手，郭老师却从屋里出来了。陈浩一下慌了，不知说什么好，转身要走，被郭老师叫住了："陈浩，你有什么要对我说吗？进来吧！"陈浩没办法，只能硬着头皮跟了进去。

"有什么事？说吧。"

"我……我……我……"陈浩支吾着。

"你什么时候成了小鸡了！说话，什么事？"郭老师着急地说。

陈浩一咬嘴，下了狠心地说："老师，我英语这次考了59分，我看了一下，只写错了一个单词，不然就及格了。您就给我加 1 分吧，我不想补考。求求您了，给我加 1 分吧。"

"为什么不愿参加补考？"

"因为咱们班只有差生才去参加补考，他们不嫌丢人，我还怕丢脸呢！我不愿别人把我当差生看。"陈浩激动地说着，脸上还泛起了红晕。

郭老师心想："这孩子还挺有志气。"一个计划从郭老师的心里萌生，但他仍未露声色。郭老师很沉稳地说："59分就是59分，实事求是， 1 分也不能加，否则，下次我对其他同学怎么交代？"

陈浩急了，站了起来说："老师求您了，就这一次，我保证下次不会了。"郭老师看时机已经成熟，于是说："好吧，如果想让我加 1 分也行，但有个条件。"

"什么条件？这个好说，吃饭还是要其他东西，我让我爸给您送过来。"

老师一本正经地说："我可以给你加分，让你达到60分，但我这是借给你的。不过你可想好，这 1 分当然不能白借你，要还利息，借一还十，下次考试我可要扣掉10分，怎么样？而且还有，希望你能多和同学沟通，不会的问题及时问老师和同学，你能答应吗？"

陈浩听完，心想，就这个条件，好达到，于是说："行，我答应您！"

"那好，成交！"郭老师高兴地说。

以后的日子里，郭老师看到，陈浩真的比过去爱说了，也和同学说笑嬉戏，而且课上回答问题的次数也多了。他真的开始改变了，人开朗了许多。郭老师看在眼里，乐在心里，看来自己的计划快要成功了。

感恩老师

一个月过去了，在月考当中，陈浩的英语成绩扣掉10分后是79分。这出乎陈浩自己的意料，却在郭老师意料当中。

世界上没有"没有才能的人"。老师要去发现每一位学生的禀赋、兴趣、爱好和特长，为他们的表现和发展提供充分的条件和正确引导，这才是一名优秀的教师。

色青麦朵的思念

章戈·尼马

　　小小的花瓣，金黄，金黄。有人说她是草原的魂，有人说她与太阳是姊妹。啊，她确实像魂，系着草原!

　　她更像太阳，金色染湿了草滩和山峦。

　　色青麦朵，开在高原的四月。每当她慰藉着温柔的春意，整个家族一点点、一片片铺垫在草滩、路边时，馥郁的清香便会盛满这块土地。就是你蹲在帐房里，那洁净的素馨也会透过小小的缝隙沁入你的心肺。如果你有一点曾因寒凉而有些板滞弛缓的情感，色青麦朵会使你周身充满生机!

　　色青麦朵要算高原上开得最早、数量最多的一种花。然而，在许多作家、诗人的笔下，却见不到她的名字。格桑麦朵，在色青麦朵遍及的草原上，你又算得了什么。那些作家其实并不了解草原，或许他们将色青麦朵与格桑麦朵混淆了。

　　色青麦朵在我童年最早的记忆里，是游子恋土情怀的思乡之花，也是思念亲人的相思花。我的孩提时代，曾听老人们经常讲起这样一个故事：很久以前，我们西卡草原上的一位年轻人要离开家乡到很远的地方去拜佛求经。离家的那天早晨，青年摘了很多色青麦朵，此事被他还没有酥油茶桶高的妹妹瞧见了。以后，

凡是有到阿哥求经的地方去的人，妹妹总要摘几朵色青麦朵给阿哥带去。后来，这个青年在外成了有名的经师，可是他始终没能回到故乡。在他圆寂时，他的弟子们从导师的身上取下他终年挂在胸前的一个小口袋。他们以为口袋里装有导师最贵重的宝物，却发现装的全是色青麦朵。

也许就是由于这个故事的缘故，凡是在外的西卡人，每到色青麦朵开放的季节，他们总会得到家乡寄来的小黄花。你把它放在手心上，轻轻地贴在鼻子边闻一闻，还会闻到清香的气味。瞬时，一种故乡特有的亲切感会流遍你全身，那如诗如梦的追赶羊羔的童年会悄悄爬上你记忆的棕床，还有父亲歪斜在马鞍上的背影，阿妈襁褓里散发出的乳香，脸上爬满皱纹的阿奶用沙哑的声音哼着的摇篮曲和早已被岁月风化了的情歌……

啊，色青麦朵和相思连在一起，色青麦朵和童年连在一起!

然而，每当我从信封里取出那金黄、金黄的色青麦朵时，我的思念之情不仅仅局限于家乡和父老，还有一个人使我终身难忘。每次，我都会把家里带来的色青麦朵寄给她，带去思念，带去问候，还有祝福!而她则会来信说："我透过床槛看到了草原。"她就是我的老师。三十年前，在色青麦朵盛开的季节，一个梳着独辫的汉族姑娘来到我们西卡草原。她一见到乡亲们便笑着说："我是踩着金色的绸带来到西卡的。你们看!"她指着身后开满色青麦朵的草原。乡亲们笑了。笑把她和西卡的距离缩短了，笑表示着她也成了西卡人。

以后，她教我们识字，她教我们数羔羊。从她那里我们懂得了地球、银河，从她那里我们才知道山那边有大海。下雪的时候，她接我们去上学，花开的时候，她带着我们这些孩子在花草中漫游。她爱把小黄花别在那些小女孩头上，而对我们这些小男孩，她会说，你们也在头上插朵色青麦朵吧!说着，她会"咯、咯、咯"地笑起来。

我们在她的笑声中长大。

二十年中，她从未离开过西卡草原。爱情从她身边溜走了。而她为什么没有结婚，在我心中始终是个谜。我曾几次问过她，可她总是摇摇头："过去了，过去了。"

但老师还是离开了西卡。1975年，西卡遭受了一场大雪灾。雪压塌了帐篷，雪盖过了羊群。老师和牧民们去寻找那些被大雪淹没了的放牧点，结果她走失了，掉进雪坑两天两夜。乡亲们找到她时，她只剩了一口气。不管乡亲们怎样着急，不管医院怎样用尽办法，老师终于还是瘫痪了。西卡人发誓要养她一辈子，可最终老师被她的哥哥接回内地去了。

老师离开西卡的那天，乡亲们从几十里外的放牧点汇集起来，向她道别，为她送行。老师哭了，还有她的哥哥，还有牧民们……

"不要忘了，我也是西卡人。"这是老师走时留下的一句话。乡亲们记住了：她是西卡人。乡亲们没有忘记，在春回西卡时，给她寄去几朵色青麦朵。

色青麦朵，思乡之花；色青麦朵，相思之花！

你思念故乡、草原，我思念老师、亲人。

心灵寄语

有人说恩师是小草，默默无闻，无私奉献。我要说，小草只能带给我们春意，而您却给了我们一个完美的春天，伴随我们，一直到老。

我不想知道小偷是谁

佚 名

"老师!"老师听见有人叫他,他抬起头,赶紧把眼镜戴上。原来旁边站着一个20多岁的年轻人,样子诚实可爱。

青年飞快地说:"请您看看,您有没有少些什么。"

老师摸着口袋,有些不知所措。经他这么一讲才醒悟过来,他慌忙拉开抽屉,不禁叫了起来:"我的钱包!我的钱包不见了!"

"别急,老师。钱包在这里,我正要还给您。"

"在你那,噢,是你偷了我的钱包吧?"但又慌忙改口,"请原谅,看我说了些什么,该不是你拿走我的钱包吧?要不怎么还会送还给我呢?要知道,这些钱是我省吃俭用节省下来的,准备送那患心脏病的孩子上山疗养的。"

小伙子平静下来,但脸色苍白,他压根没听老师讲什么,沉默了半天才说:"先生,我是小偷!怎么?你不相信?是这样的,昨天下午,在一辆拥挤不堪的电车上,我从一个十四五岁的孩子身上偷了一个大钱包。里边有3000多块钱和你儿子的来信,另外还有你的几封信。钱包里还有一张卡片,那是学生的乘车证,不知道是不是你吩咐他做什么事而把你的钱包交给他,还是他自己从你的抽屉里拿走

的。"

　　老师沉默着，不知说什么才好，他拿起卡片，想看看那上面的姓名，但突然放下，随手交给青年，断然地说："请你帮忙把它撕掉。我不想知道小偷是谁。"小伙子照着他的吩咐把卡片撕得粉碎。老师感激地说："啊！上帝会报答你的。"一把拉住了对方的右手。

　　"可别这么说。我今天做了一件好事，可我以前做过很多坏事呀！"

　　还没等老师明白过来，青年就已经悄然离去。

　　老师坐在椅子上，久久地注视着钱包，眼前浮现出班上的每一个学生的面孔。谁会是小偷呢？而且谁都知道这钱是老师含辛茹苦地攒下来给儿子治病的。当然，他完全有法子知道小偷是谁，可是，为什么要知道呢？不，没有这个必要！

　　他还想到了撕毁的证件。丢失人一定要来补，这样，小偷岂不是自投罗网了吗？怎么办呢？他沉思片刻，便朝外边叫道："玛丽娅，到教室来一趟！"

　　女儿来到父亲跟前。

　　"这是学生的花名册和新的乘车证。你把名字填在上面。该给他们换新的啦！"

　　"旧的要收回吧？"

　　"不必啦，让他们自行处理吧！"

　　第二天早上 8 点，老师已经带着新的乘车证来到教室。学生们都到齐之后，他开始分发证件。不到一刻钟，就把40多张乘车证发完了。随后，他脸色苍白，站起身，忍着激动，给孩子们讲述事情的经过和换证的原因："……钱包里也有一张乘车证，那上面写着名字，只要看一眼就会知道是谁干的坏事。可我没有这样做。我当场就把它撕毁了！我不愿意知道乘车证的主人，尽管他对我无情无义。但是，他应该懂得，我是原谅他的，并要求他改邪归正，不再重犯。这就是换证的原因。"

多么慈祥的老师!善良的老师把全部的爱倾注给了自己的学生，他讲着讲着，竟喉哽语塞，泣不成声。女儿不得不把学生们都打发出教室，此刻，他们的眼里也都噙满了泪水。

"你也去吧，孩子!让我独个儿待会!"

他摘下眼镜，独自留在教室里。正当他准备站起来时，忽然听见一阵朝他而来的脚步声。紧接着，就听到一个悲切、抽泣的声音："老师，是我偷的钱包!看看我吧，老师!我再也不做坏事了，我以母亲的名义发誓。"

老师伸出双手迎住了他，激动万分地重复道："我的孩子，我的好孩子!"

由于没戴眼镜，他只能看到一个模糊的影子。影子后面是 4 月里的一片迷人的风光。

心灵寄语

原想收获一缕春风，您却给了我整个春天；原想捧起一簇浪花，您却给了我整个海洋；原想采撷一片红叶，您却给了我整个枫林；原想拥有一朵雪花，您却给了我整个银色的世界。感谢恩师!

有温度的梦想

马 德

珍道尔老师离开学校经商的那一年，向所有不愿让他离开的孩子们许下一个诺言，他要帮助每个孩子都实现一个梦想。

同学们都觉得这是一个好玩的想法。于是，各自写下自己的愿望，有的想要一个漂亮的文具盒，有的想要一个能飘出炊烟的玩具房子，有的想要一个足够结实的网球拍，有的想要一把最好的小提琴……

11岁的埃文一口气郑重地写下了自己的一串梦想：25岁之前，游览非洲的乞力马扎罗山，到澳洲看大堡礁，登上中国的长城；35岁之前，乘船穿越苏伊士运河，看埃及的金字塔，再到意大利看比萨斜塔；40岁之前，到日本看樱花，拍摄富士山的雪景。

同学们都认为埃文的愿望不够现实，而且也难为了珍道尔老师。有的同学劝埃文收回自己的愿望，重新写下一个切实可行的目标，因为即便老师有心帮助他实现这些愿望，然而对于一条腿有严重残疾的埃文来说，去这些地方，会有多大的困难是可想而知的。

一年以后，同学们陆续收到了珍道尔老师的礼物：文具盒、玩具房子、小提琴，甚至是其他贵重的东西，唯独埃文什么也没有收到，哪怕是老师一封安慰的信。大家纷纷劝埃文不要伤心，因为那样一个庞大的旅行计划，对于谁来说，都是不现实的。

有一天，埃文正整理着杂货铺，一个人推门进来。开始的时候，埃文并没在意，以为只是一个普通的顾客，便问对方需要点什么，对方摘下眼镜，轻拍埃文的肩膀，说："你不认识我了吗？"埃文定睛一看，又惊又喜：是珍道尔老师！看上去，老师苍老了许多，不过精神还可以。老师说："如果你没有忘记从前的旅行计划，那么现在开始我们的旅行吧。"由于埃文此前已经知道老师经济上的窘迫情况，便推说自己现在并不想去旅游了，只想平平淡淡地在家里过安闲的日子。

然而，珍道尔还是坚持领着自己的学生，去了位于坦桑尼亚的乞力马扎罗山，随后他们又到了澳大利亚观看了大堡礁，最后登上了中国的长城。在感受了大自然的雄奇和壮美之后，埃文觉得，这次旅行给他的最大感受是：他可以像其他的正常人一样，去游览名山大川，去做自己喜欢做的事情，自己虽然有一条残腿，但并不意味着丧失了人生的一切快乐。旅行回来之后，埃文在市中心租下一个更大的铺面，扩大经营；又在郊外买下几块地皮，等待有合适的机会，用来发展地产。不满于现状的他，为自己制订了一个详尽的发展计划，他要靠自己的努力去完成人生所有的梦想。

埃文53岁的时候，已经是一个大财团的总裁了。那天，他专程去拜访了他的老师珍道尔，他问老师，为什么在那样艰难的情况下，还要努力帮助一个腿有残疾的孩子完成一个或许并不可能完成的梦想呢？

珍道尔老师已经是白发苍苍了。他说："生意惨淡的那几年，因为一时无法从困境中摆脱出来，我也就无暇去顾及你的梦想了，并且，当时也并不觉得这样做有什么不妥当的地方。然而几年之后，当我在出差的路上听到一个让我慨叹和震惊的故事时，我改变了自己的想法。故事很简单：有几个在野外滑雪的孩子迷了路，在恶劣的天气里他们很快冻僵了。当被人发现送到医院之后，大多数孩子已经不治而亡，只有一个孩子奇迹般地活了下来。那个孩子回忆说，当时在快冻僵的时候，他心里一直有一个念头，他不能死，因为还有一个梦想等着他去实现，他要为病中的妈妈去实现这个梦想。就是因为这样一个梦想，给了他温暖，也给了生命一种激发和振奋，就像一床棉被、一味药、一束光亮，他坚持了下来。"讲完故事后，珍道尔老师接着说："那个故事给了我很深的感触。那一天，我第一次真实地触摸到梦想对人生产生的不同寻常的意义。是的，不瞒你说，那一年我带着你出游，是背负着债务去的，我不想因为生意的惨淡，而让你因此放弃了人生的梦想。"

听完珍道尔老师的一席话，埃文已是泪眼模糊。他说："谢谢您了，只是，您完全可以等到手头宽裕的时候再帮助我。""不，孩子!"珍道尔老师说，"我必须及早地让你知道，梦想不可能等人一辈子，而沸腾的人生是从给梦想升温开始的。"

实际上，在这次与老师的长谈之前，埃文已经体会到了梦想给他的人生带来的变化，不同的是，那一天，他从中触摸到了另一种东西，那就是爱的温度。

心灵 寄语

梦想，是一个人面对人生最不可缺少的信念。有了梦想，我们不仅需要用心去浇灌它，呵护它，最重要的是，梦想需要我们坚守，需要我们立即付诸行动，不能让它因为时间的延迟而冷却下来。只有坚守与升温，梦想才会开花!

瓷葫芦

王雪涛

刘家湾小学在一座大山里。山很大，只有一个村；村很小，只有一所小学；学校则更小，只有一位老师。

老师姓尚，早已过了退休年龄，因为村里请不来老师，大城市里的老师谁也不愿意到这穷得只有石头的地方来，村长赵秋贵就又把他请了回来。尚老师不忍看着孩子们没人管，二话没说背上铺盖、提着一口掉耳朵的铁锅就住到学校里了。

尚老师对学生极严格，完不成作业的要用荆条抽手心。那荆条是山里特有的，柔软坚韧，能盘成圈握在手里，山里的孩子都知道它的厉害，一条抽下去，手心像烙铁烙了一样火辣辣地疼。这天，二年级的赵铁锁没有交昨天布置的作业，尚老师问："铁锁，你昨儿个放学干啥去了？"

"放牛。"

"谁让你放牛的？"

"俺爹。"

"听我的还是听你爹的？"

"听俺爹的。"

"为啥?"

"俺爹是村长。"

"村长也是我的学生!"尚老师一听，拍着桌子说，"伸出手!"

"偏不!"说完，铁锁猛地冲出教室，头也不回地往外跑。

"你给我回来!"尚老师一边喊一边站起身追。但还没有走出教室的门就一头栽倒在地上。学生一看不好，惊呼着涌过来，几个胆小的女生吓得哭了起来，有学生飞快地跑去找人。

一会儿工夫，村长领着一大群人来了，大家七手八脚把尚老师抬上板车送往医院。

经诊断，尚老师患的是心脏病，已有几年的病史了，这次幸亏抢救及时。

几天后，尚老师又走上了讲台。他像往常一样环视了一圈教室，然后打开书本开始讲课。忽然像想起来什么似的说："我的药在右边的衣袋里，如果老毛病又犯了，请大家帮我服药。"说着掏出药瓶让大家看了看，是一个小小的瓷葫芦，"我可不想死这么早。"

教室里一片沉寂。大家知道，这句话随时可能成为尚老师的遗嘱。

这一节课，同学们听得最认真。

尚老师那天换了一身衣服，上课前还特别提醒说："今天我的救命葫芦在左上衣口袋里，大家一定要记准，千万别找错了地方。"

学生就死盯着尚老师的左上衣口袋，好像那里真有能救尚老师的宝葫芦一样。

学期快结束的时候，尚老师也最忙。五年级的学生要升学，其他的学生又不能撇下不管，于是尚老师的小油灯常常亮到半夜。第二天起床，窗台上总是时不时放着一只熟鸡蛋，一把红枣，偶尔还有几朵野菊花——尚老师爱喝菊花茶。而每当问起时，同学们却说不知道。

最近一段，尚老师发现班里老是有人迟到，好几次都是快

到上课时间了，几个学生才气喘吁吁地赶来，身上脏得像泥猴似的，脸上有时还挂有几道血痕。尚老师很生气，在这关键时候，居然有人敢贪玩。

一天，已上课十几分钟了，赵铁锁脖子上挂着书包才出现在校门口。尚老师停下课，问他干什么去了。铁锁低着头，背着手倚着门框一声不吭。"铁锁，伸出手，"尚老师抓起荆条，要抽铁锁手心，"你老子我都打过!"

同学们望着尚老师气得铁青的脸不知如何是好，一时间教室里的气氛紧张起来。

"尚老师，别打他了，"春妞站起来，"我们看你整天操心，又没钱给你买药，就趁放学到山上挖药材晒干卖给收购站，因为怕你知道了生气，所以没敢给你说。铁锁为了多挖些药材，还摔伤了腿。"春妞走到铁锁身边，挽起铁锁的裤腿，露出膝盖上的伤疤。

铁锁松开紧攥的手，手心里是一只小小的瓷葫芦，他小心地捧着，像捧着一件稀世珍宝，眼里满是泪花。"尚老师，是我不对，不该惹你生气，你打我吧……"铁锁哽咽着。

"尚老师，您别生气，是我让大家挖药材的，"班长站了起来，"我们怕你犯病，每人都买了药随身带着。"说着伸开手，手心里捧着一只一模一样的瓷葫芦。

一个，两个，三个……全班同学都站了起来，像一片小树林，每人手里都捧着一只瓷葫芦，教室里传来低低的啜泣声。尚老师望着学生手里的一只只瓷葫芦，嘴唇动了动，两行热泪沿着饱经风霜的脸庞无声地滑落……

心灵寄语

感恩老师。假如您是蜡烛，我们就是蜡烛旁无尽的黑暗，是您照亮了我们，帮助我们找到了通往光明的道路；假如您是白云，我们就是天空，天空没了白云就会失去光彩。

坐在最后一排

乔 叶

上小学时，我一直是个非常自卑的女孩子。因为丑，因为笨，因为脾气倔犟性格孤僻和同学们合不来，因为不会花言巧语察言观色讨老师欢心。每次调座位，老师都把我安排到最后两排，但其实我个子很矮(班里有条不成文的规定，只有好学生才有资格坐前排，而前排中间的位置则是优等生的专座)。后来，我索性赌气似的主动要求老师把我和最后一排的一位男同学调换一下位置，固定地坐到最后一排去。

"为什么?"老师平淡地问。

"因为我眼睛好，他近视。"

我没告诉老师，其实我是全班同学中视力最差的一个。

坐在最后一排的几乎都是调皮的男同学。我和他们无话可说，想要听课却又看不清讲台上的板书，所以每次上课，我只是用眼睛呆滞地盯着黑板，做一些毫无意义的遐想——我从小就是个脑袋里充满怪念头的人。比如说：梅花为什么叫梅花?梅花为什么开在冬天?我能不能变成一朵梅花?我若是梅花会是白梅还是红梅……

这样滥竽充数地混了半个学期，班主任调走了，接任的是个年轻的女教师。她红衬衣白裙子，齐耳短发，模样甜甜的，不像个老师，倒很像我的表姐，当然远没有想起表姐那么亲切。

"我叫白明，倒着读就是'明白'，也就是说对每个同学的情况我都能知道得明明白白。"她微笑着自我介绍。

我不屑地瞧着她。她真有那么大神通？她会知道我是近视眼吗？她会知道我不想坐最后一排却又偏着性子坐最后一排吗？她会知道……

没想到过了几天，她竟真的注意到了我。

那天语文自习课上，同学们都在做练习册，我也摊开练习册假装做起来。其实我除了做些造句、看图作文之类适合我胡乱发挥的题目外，其他的根本懒得做。正噙着笔胡思乱想，一只手伸过来抽走了我的练习册，我一惊，这才发现白老师已经站在了我身后。

"小脑瓜在想什么呢？"她亲切地弹了弹我的脑壳。从未享受过如此"礼遇"的我禁不住心头一暖，但还是老老实实地趴在桌上，胆怯地听着她翻阅练习册的声音。

过了世界上最漫长也最短暂的几分钟，我畏惧地等待着习惯性的雷霆暴怒。却惊奇地听见她轻柔的笑声。

"这些句子都是你自己做的吗？"

"嗯。"

"非常好，很有想象力，'花骨朵儿们在树枝上聚精会神地倾听春天'，多有灵性啊。可你为什么不说'倾听春天的脚步'呢？"

"有时候春天来是没有脚步的，是披着绿纱乘着风来的。"第一次受到如此嘉奖，我顿时大胆起来。

她没有说话，轻轻地拍了拍我的头，走上了讲台，以我的练习册为范本讲起了造句。那半个小时的时光是我上学以来第一次感觉快乐和幸福的时刻。我想我当时肯定有些晕眩和迷醉了。直到下课后同学们纷纷向我借练习册时，我才如梦初醒，惊慌失措地把练习册塞进书包里——要是让同学们看见那上面大片大片的空白区，我该多丢人哪!

这天夜里，我把没做的题全部认认真真地补上了，通宵未眠。

以后的日子里，白老师特别注意查阅我的练习册和作业本，关切地询问我其他课的成绩，还抽空给我讲一些浅显的文学知识。每当她带着清香的气息在我身后停下又带着那清香的气息悠悠离去时，每当她弯下腰挨近我低低地和我说这说那时，我都感到从未有过的紧张、激动、惭愧和快乐。我这才发现，我以往的愤愤不平和自暴自弃是多么无知而愚蠢。我的虚荣和脆弱让我受到的伤害是罪有应得，因为我从来就没有积累起受人尊重和宠爱的财富与可以引以为荣的资本!我这样的学生，其实只配坐最后一排。

在我勤恳的努力下，我的各科成绩竟然很快进步起来。可由于眼睛近视看不清板书，也给学习造成了一些不大不小的障碍。但我没有告诉白老师，我问自己：你有什么资格向白老师提要求?

一天，她来到班里旁听数学课，因为没有课本，便和我坐在一起合看。等到做课堂练习时，她便看着我做题。

"这是 7，不是 1……这是 8，不是 3……，"她轻声纠正着，"怎么抄错这么多?你近视?"

我没有说话，眼泪竟大滴大滴落下来。

日子慢慢地过去，终于有一天，白老师宣布进行语文测试，并郑重声明"前五名有奖"。有奖当然令人兴奋，同学们暗地里都紧张地忙碌起来。一向对考试毫不在意的我也禁不住跃跃欲试，积极地忙碌起来——就是不能得奖，最起码也要考得比以前好点儿啊!

公布成绩那一天终于来了。白老师评完试卷，最后才公布分数："第一名：乔小叶……"

天哪，我是第一名!

我被震住了。

"这次考试，同学们的成绩普遍不错，有个别同学进步很大，比如乔小叶。她坐在最后一排，眼睛还近视，可她不怕困难努力进取，终于取得了优异的成

绩。我不但要奖给她前五名应得的奖品，还要再给她一份特别的奖励。张玉娟、姜春霞、陈庆龙、李明玉……你们几个站起来换一下座位，乔小叶！"

我站起来。

"这是你的位置。"她指着第一排中间的座位："你今后就坐在这里。"

我懵懵懂懂地在那里坐下来。

"希望同学们向乔小叶学习。要知道，这世界上有最后一排的座位，但不会有永远坐在最后一排的人。"

我的热泪汹涌而出。

这件事已经过去许多年了，这许多年里我淡忘了很多人和事，但那最后一排的位置和白老师的笑容至今历历在目、刻骨铭心。我知道我永远也不会忘记她，不会忘记这样一个把我的生命和灵魂引向另一种暖意、亮度与高度的人。

心灵 寄语

"春蚕到死丝方尽，蜡炬成灰泪始干。"我愿化作明媚的阳光，为您增添几分光彩；我愿化作一把遮阳伞，为您遮住那酷热的阳光；我愿化作一件大衣，为您取暖。感恩老师。

女教师的47个吻

高 兴

　　查文红这个上海女人，自愿来到安徽省砀山县曹庄镇魏庙小学，当一名不拿一分钱工资的"编外教师"。1998年9月初，当她兴致勃勃地拿着教材和精心准备的讲稿走进教室时，家长和孩子一看教师是个上海人，都用一种不信任的眼光看着她。有的家长竟带着孩子离去，转到另外的班，教室里一下子就空出了好多个位子。这当头一棒把查文红打得摸不着头脑。她找到校长，问是怎么回事。校长道："我们这里上课都是用土话，家长和孩子担心听不懂你的普通话，所以跑了。"

　　查文红感到委屈，但她还是硬撑着上完了第一节课。下课时，一名学生用土话问她："老师，狠狠还来吗？"查文红没听懂。便问道："'狠狠'是什么意思？"学生们哄笑了，一个小男孩儿不客气地说："'狠狠'就是'狠狠'，你连'狠狠'都不知道，还来教我们吗？"教室里再次爆发哄堂大笑。查文红有些恼火，但她不便对刚进校门的一年级孩子说什么，便又去问校长："'狠狠'是什么意思？"校长笑着说："这是我们的土话，'狠狠'就是下午的意思。"

　　第一节课的遭遇引起了查文红的深思。她看到了农村的落后与闭塞，如果这

些孩子长大后还只是晓得"狠狠",他们将永远走不出这贫瘠的土地,也将永远不能与外界对话沟通。她决定倡导用普通话教学。为了让学生首先能听懂老师讲课的语言,然后学会讲普通话,她开始刻苦学习当地土话。一有机会便向村民们学习。此后上课,她总先用普通话讲,然后再"翻译"成学生能听懂的土话。在她的推动下,普通话渐渐成了校园里的"时髦"语言。

查文红为了让启蒙阶段的孩子在愉快的氛围中接受知识,通过讲故事与编顺口溜的方式进行教学,深受学生欢迎。孩子们的学习热情高涨,期末考试时,全班的语文成绩平均达到91.87分,名列全镇第一。家长们闻讯,纷纷买来鞭炮,来到学校放了起来。一位家长激动地说:"这么好的成绩,我们多年没见过了,感谢查老师!"

面对此情此景,查文红激动得哭了。她庆幸自己的努力终于有了回报。那天晚上,她正在哭的时候,突然停电了。她只好躺在床上,一边想着远在上海的丈夫和女儿,一边等待来电。这时,窗外传来一阵碎乱的脚步声,她有点害怕,便壮着胆子喊了声:"谁呀?"脚步声便消失了,外面一片寂静,静得让人心慌。就在她再次准备躺下时,又传来了敲门声,她担心是小偷,便提着棍子,走到门边猛地将门一拉,这时她惊讶地发现,住在附近的三个学生举着一支点亮的红蜡烛站在门口。其中一个孩子说:"刚才停电了,我们担心老师一个人害怕,便把家中过年用的红蜡烛拿来给你壮胆。因为不知道你睡了没有,所以我们在你窗子下面听了一会儿。"一支燃烧的红烛映着三张淳朴而稚气的脸庞,查文红十分感动。她接过红烛,将孩子们拥在怀里说:"谢谢你们,老师谢谢你们了。"

当时春节已经临近,学校照顾她想让她早点回上海过年,便让查文红把剩下的课集中讲完。孩子们听说老师要走,心里都很难过,竟不能集中精神听课。查文红有些生气,正准备批评他们时,一个名叫丁丽的小女孩儿站了起来,很失落地说:"老师,你不走行不行?"

"不行啊,"查文红说,"老师要回家过年呢。"

"那……你到我家过年行吗?"

"不行,因为上海的家里还有一个姐姐正等着老师回去呢。"

听到这里，小丁丽哭着说："那你亲我一下好吗？"

查文红感动了，走过去亲了亲小丁丽，一边止不住流下泪来。这时，全班同学不约而同地站起来，都说："老师，你也亲亲我吧！"于是她一路亲过去，班上47个学生，她一一亲到。亲完最后一个学生，全班同学放声大哭起来。孩子们觉得，查老师这一去就再也不会回来了。

47个孩子一起大哭，那该是一种什么样的情景。哭声传出，全校师生以为发生了什么事情，纷纷跑了过来，附近的村民也闻声从家里赶来了。哭声是如此具有感染力，一时间全校学生都哭了。面对如此感伤的场面，一些老师和村民也不知不觉地流下泪来。

"那惊天动地的哭声，我从未听到过，至今还在我心中回荡，这一辈子我忘不了那感人的哭声。"查文红每忆及此，还是感动得双眼湿润。

大年三十晚上，查文红上海家中电话响个不停。她知道那是她的学生打来的。临行前，孩子们纷纷表示，春节期间给她打电话，她怕家长们付不起电话费，所以没同意。最后班长出了个主意说："我们打电话时，你别接，不就省钱了？我们约好，如果电话铃响两下就停了，那一定是我们打的。"

此时听着那不断响两下的电话，查文红的心又回到了魏庙小学。回到了孩子们的身边……

心灵 寄语

教育植根于爱。老师的爱，像百合的花香，淡淡轻轻，却沁人心脾。在时间的流逝里我们渐渐长大，但无论多大，在您面前我们依旧是个孩子，即使白发苍苍时也一样。

在心上的一声咳嗽

佚 名

　　读小学时，我是一个活泼可爱的学生，只是成绩不大好，老师那关注的目光从没有降临到我的身上。为了引起老师注意，我经常抢着做清洁。直到那个阳光刺得眼睛生疼的午后，我的梦才如虚幻的气泡一样在顷刻间破灭。

　　不知道是第几次义务打扫办公室了，当我放下笤帚正欲回教室时，被教数学的张老师叫住了。这正是我所期望的。我有点儿激动地站在他的面前，脸红红的。"你真是一个爱劳动的好孩子，明天让学校的广播表扬你。"张老师笑容可掬地说。我甭提有多高兴了——终于能像其他学生那样被表扬了。我双手拉着衣角，脸涨得通红，听着张老师的夸奖。"还害羞呢？"张老师盯着我的眼睛说，"对了，你叫什么名字呀？"啊？这句话把我推进了万劫不复的深渊，没想到教我一年的张老师竟然还叫不上我的名字。除了为自己的不起眼感到一丝沮丧外，我幼小的心灵里开始滋生叛逆。

　　很快，我就和几个被老师视为"朽木"的学生混在了一起。一次，看到同班的一个女生买了一支很漂亮的钢笔，那贼亮贼亮的光泽和她那高傲的神情让我萌生了将钢笔窃为己有的念头。放学后，我从窗户爬进去将钢笔偷了出来。第二天，女生的嘤嘤哭泣和老师的大发雷霆让我有一丝快感。

这件事之后，我的胆子越来越大。凡是老师喜欢的学生，我都"光顾"过他们的书包，然后狡黠而满足地看着老师焦急的样子。

没想到，我会"栽"在老校长的手里。

那天，我正在翻抽屉，不远处传来轻轻的脚步声。拉下耳朵细听，确定是有人来了，我立马跑到门边蹲下来，心"扑通扑通"地撞击着羸弱的胸膛。脚步声近了，接着是"咚咚咚"的敲门声。我害怕极了，蹲在门边直发抖。敲门声越来越急，还伴随着几声轻轻的咳嗽。这咳嗽就像一把带有千钧之力的铁锤，重击着我本已脆弱的神经，因为这咳嗽声我听得出来，来人是老校长。那时我总认为老校长是专管老师的，一定比老师更严厉。想到这些，我有点绝望了，但还是本能地缩在门边，顽强地固守着最后那一点可怜的自尊。

敲门声停止了，一声咳嗽后传来老校长的声音："出来吧，我知道里面有人。"我紧张地屏住呼吸。老校长又说了一遍："出来吧。"

沉默，长久的沉默，我能听到自己的心跳声。老校长又说话了："好吧，你不出来就算了。我就站在外面说几句话。我想你留在教室肯定是有原因的，我也不追究了，过一会儿你就可以走了。还有，教室里的一些东西，不是你的就不要带走了。"

我听到脚步声远去了，咳嗽声也渐渐听不到了。我站起来，缓缓地舒了一口气。我没有马上爬出去，一直等到天黑……

在薄雾中，我依稀看到放学不久就紧闭的铁门竟是开着的。我一溜烟冲出铁门，一路小跑回了家。躺在床上，我庆幸自己的虚惊一场，也回想着老校长的那番话，不觉泪眼模糊起来。我说不清是幸运、感动，还是羞愧。第二天，我悄悄地把以前偷的一些东西放在了原处。

"时光容易把人抛，红了樱桃，绿了芭蕉。"转眼八九年过去了，当年那个猫在门边听着咳嗽声直发抖的男孩儿，已经走上了三尺讲台。每每回想起当年自己的人生之舵偏离时，老校长用他那慈爱的心包容着我，并提醒我前进的方向，我总是一次又一次被感动包围着。

感恩老师

心灵寄语

　　有那么一道彩虹，不出现在雨后，也不出现在天空，因为它常常出现在我们心中，老师您用心灵之火点亮我们的人生路。

地震中的吴老师

佚 名

崇州怀远中学教学楼发生垮塌，在突如其来的灾害面前，该校700多名师生绝大多数顺利脱险，但英语老师吴忠红却永远离开了他爱的学生——地震袭来，学生从楼梯口蜂拥而下，这位老师引着孩子疏散时，听到有学生掉队，他义无反顾从三楼返回四楼，这时楼体突然垮塌，这位老师和几名孩子被吞噬……

楼梯口，拯救学生

虽然昨日学校停课，但一群孩子和他们的父母还是来到怀远中学，为离去的英语老师吴忠红和几名学生默哀。看着面前倒塌半边的教学楼，他们的心情像天气一样凄冷。

副校长李宏成折腾了一整夜，他和很多男老师都冲上第一线，不少老师的手在扒土时被磨破了。李宏成说，这栋四层教学楼有12个班，下午 1 点50分就开始上课，就在第一节课快要结束时，突然，地面开始摇晃，孩子们的尖叫声划破校园原有的宁静。李宏成说，大楼摇晃了约 1 分钟时，中间裂开一条长长的缝，楼

体裂成两半，而裂缝正好在其中一个楼梯边。"这是孩子的生命楼梯啊！大部分孩子在老师的带领下，从两个楼梯撤离到地面。"李宏成和该校高校长冒着生命危险，跑近楼梯口接应跑下来的孩子。1个、2个、3个……李宏成说，当时他们的脑子全懵了，但嘴里却在数着学生的人数。

返回时，楼梯垮塌。

当时，吴忠红老师正在四楼给初一(五)班上英语课。该班的男学生小斌(化名)描述了当时的情景：教室突然晃动起来，他和同学都吓得尖叫，"同学们，不要慌，什么都不要带，跟着我往下跑！"吴老师挥着手，示意全班同学跟着他往外跑。当时楼梯口挤成一团，初一(五)班的绝大部分学生跟在吴老师后面。突然，后面的同学喊了一声："教室里还有两名同学……""吴老师显得很紧张，马上折转身，我们已经到三楼楼梯口了，结果他又往四楼上跑，我们跑到楼下，上面的房子就轰地垮了，吴老师不见了……"小斌哽咽着说。

残砖中，他牺牲了

李校长说，因为师生有组织的撤离，绝大多数师生安全返回地面，只有 5 名师生被埋在废墟里。

接到报警后，崇州市政府主要领导率领武警、公安、消防、卫生等部门赶到现场，展开搜寻工作。搜救进行了整整一夜，昨日早上 6 点多，救援人员才从垮塌的残砖中找到吴忠红，他已经永远停止了呼吸。

吴老师的妻子宋代群在得知丈夫的噩耗后，极度悲痛说不出话来。昨晚，她在儿子吴楠的搀扶下，从临时搭建的帐篷里走出来与记者见面。失去丈夫的她，面容憔悴，始终啜泣着。吴楠也站在一旁默默地流着泪。站在废墟前，母子俩无法掩饰内心的悲痛，望着吴老师遇难的废墟失声痛哭。"爸爸一直希望我考一所好的大学……"正在读高二的吴楠哭着说，"以后我要加倍努力，不辜负爸爸的希望！"据学校一位老师称，宋代群是一名下岗工人，患病多年，吴楠在怀远中学念高二，记者了解到，吴忠红老师今年45岁，已在教学战线工作了28年。

心灵寄语

　　断壁残垣中，处处都留着您的身影；沧桑大地间，时时回响着您的声音。您永远活在我们的心中！

敬　启

　　本书的编选参阅了一些期刊报纸和著作的文字以及图片，由于多种原因我们未能与部分入选文章和图片的作者（或译者）联系。敬请原作者（或译者）见到本书后，及时与我们联系，我们将按国家有关规定支付稿酬并赠送样书。

编 委 会

邮箱：chengchengtushu@sina.com